LE GARDIEN DE SOY-MÊME.

COMEDIE.

DE Mʳ SCARRON.

A PARIS,
Chez GUILLAUME DE LUYNE, Libraire Juré, dans la Salle des Merciers, sous la montée de la Cour des Aydes, à la Justice.

M. DC. LXXXVIII.
AVEC PRIVILEGE DU ROY.

ACTEURS.

ALCANDRE, fils du Roy de Sicile.

ISABELLE, fille du Roy de Naples.

CONSTANCE, niece du Roy de Naples.

HELENE.

SABINE.

FILIPIN, un Paysan pris pour Alcandre.

SULPICE, Ecuyer d'Alcandre.

LICASTE, Capitaine des Gardes.

MAURICETTE, Paysane.

SOLDATS.

PAYSANS.

La Scene est dans un Château prés de Naples.

LE GARDIEN DE SOY-MÊME.

COMEDIE.

ACTE I.

SCENE I.

SULPICE, ALCANDRE.

SULPICE.

'ACCIDENT fut terrible, & nos pauvres chevaux
Firent dans ces rochers le dernier de leurs sauts.
La terre sous leurs pieds subitement fonduë,
Leur rendit ce beau saut d'une grande étenduë.

Et je ne comprens pas comment ces malheureux
sont morts plûtôt que nous, qui sommes chûs comme eux.
Le sort, qui tout regit, sur les chûtes preside.
Telle chûte fait rire, & telle est homicide,
Pour nous, lors qu'avec eux les airs nous traversions,
Nous ne nous disions pas ce que nous en pensions:
Mais puis que cette chûte....

ALCANDRE.

Ha! tay-toy je te prie;
Trouve-tu dans mes maux matiere à raillerie?
Peux-tu rire songeant au peril que je cours?
Sois capable une fois d'un serieux discours.

SULPICE.

Vous m'ordonnez, Seigneur, des choses impossibles.
Le serieux, & moy, sommes incompatibles:
Mais pour vous obeïr, je veux bien essayer
De vous faire un recit sans beaucoup m'égayer.
Comme je vous ay dit, la nuit étoit fermée,
Lors que j'entray dans Naples encor toute allarmée,
D'où sans cesse le Roy dans son juste courrous,
Commandoit des Soldats pour aller aprés vous.
Mon hôte me trahit: je fus pris: on me mene
Au Roy: l'on m'interroge, & l'on y perd sa peine.
On presse, on intimide, on demande où j'ay pris
L'argent qu'on m'a trouvé, sans les bagues de pris.
Lors je me dis Marchand: on me refouïlle en sorte,
Qu'on trouve vôtre lettre, & lors le Roy s'emporte.

Alcandre, disoit-il, l'ennemi de l'Etat,
Ose troubler ma Cour par un noir attentat!
Un Prince que je haï, de mon neveu que j'aime
Ose finir les jours en ma presence même.
Ce crime peut aller à de plus grands desseins:
Mais leur autheur hardi tombera dans mes mains,
Et ce Sicilien deviendra par son crime
D'un ennemi mortel la sanglante victime.
Caron peut bien penser qu'étant pris aussi-tôt
On verra de son sang rougir un échaffaut.
Mon Maître, dis-je alors, le genereux Alcandre
N'a de Juge que Dieu, quand on le pourroit prendre.
Mais il est en Sicile, & vôtre Majesté
Sçait qu'un Roy de Sicile est à craindre irrité.
Et tu sçauras, me dit le Roy fort en colere,
Tout ce qu'un Roy de Naples est capable de faire.
Alcandre, repartis-je, est Prince égal à vous:
Le Roy sort, me disant, aveuglé de courous,
Garde ta hardiesse à souffrir la torture.

ALCANDRE.

O! malheureuse lettre, ô! fâcheuse avanture.
Et l'Infante?

SULPICE.

L'Infante, elle fait de son mieux;
Devant son pere, il n'est lion plus furieux.
Elle vous accommode en Prince de Sicile:
Mais en particulier elle change de stile.
Quand elle se vid seule, hé bien, Sulpice, hé bien,
Le Prince Alcandre? il vit, il aime, & ne craint rien,

Luy dis-je. Le Roy rentre, & nous pensa surprendre.
L'Infante recommence à pester contre Alcãdre.
On me mene en prison. L'Infante, cependant,
Comme elle a sur son pere un puissant ascendãt,
Le voulut employer à me tirer de peine :
Sire, ce prisonnier peut mourir à la gehenne,
Dit-elle, & j'ay grand peur pour l'avoir arrêté,
Qu'on n'en tirera pas la moindre utilité.
Outre qu'avoir servi son Maître est tout son crime,
Et que mon cher cousin veut une autre victime,
Si on le laisse aller, & qu'on l'observe aprés,
Il ne manquera pas d'aller ou loin ou prés,
Chercher son maître Alcandre ; une personne adroite
Le suivra pas à pas, apprendra sa retraite ;
Sçaura tout ce qu'il fait, vous en informera,
La chose est vray-semblable. Et nous reüssira,
Interrompit le Roy, par ce beau stratageme :
Quand je l'esperois moins, je sortis le jour même.
J'ay toûjours veu depuis l'Infante avec grand soin,
Sur ce que je luy dis, elle vous croit bien loin,
Et brûle de sçavoir bien tôt de vos nouvelles.
Pour moy j'étois pour vous en des peines mortelles,
Vous sçachant au milieu de tous vos ennemis.

ALCANDRE.

Admire où mon destin extravagant m'a mis.
Où je me croy sauver, nos chevaux, cher Sulpice,
Tombent avecques nous au fond d'un precipice,

Et je me voy reduit, étant bien informé,
Que l'on a contre moy tout le Païs armé,
Et qu'on m'en a bouché toutes les avenuës,
De quitter mes habits, & mes armes connuës.

SULPICE.

Elles sont, où l'on peut les trouver aisément,
Qu'avois-je fait alors de mon beau jugement?

ALCANDRE.

Et que t'importe-t'il, qu'on trouve ou non mes armes?
Tu te trouble toûjours par de vaines alarmes.
Je parois dans ces lieux, nud, pauvre & desolé,
Et je m'y fay passer pour un Marchand volé.
Sans connoître Constance, & sçavoir que son frere
Eût été le rival, que je viens de deffaire,
J'implore son secours, & je luy fais pitié:
Mais sa compassion panche vers l'amitié,
Et pour te dire vray, c'est ce qui m'embarasse:
Aujourd'huy je me voy par elle dans la place
D'un vieillard decedé, qui commandoit au fort.

SULPICE.

Ainsi vous commandez où l'on vous hait si fort.
Vous a-t'on dit, Seigneur, que cette place forte,
Est comme de l'Etat & la force & la porte,
Où d'ordinaire on met les gens de qualité,
Que les raisons d'état privent de liberté?

ALCANDRE.

Je le sçay. Maintenant, il faut, ô! cher Sulpice,
Que je voye Isabelle, ou bien que je perisse,
Quand je ne la devrois adorer qu'un moment.
Fay luy bien le portrait de mon cruel tourment,
Gouverne mon amour, gouverne ma fortune:
Mais, sçache que des deux la perte m'est toute une;

Et si leurs interêts ont à se partager,
Fay tout pour mon amour, si tu veux m'obliger:
J'oublie à t'avertir, que sous le nom d'Ascagne
Je me cache en ces lieux, où l'on me croit d'Espagne;
Constance toutefois croit ce nom emprunté,
Et me soupçonne aussi d'être de qualité.

SULPICE.

Mais, Seigneur, il faudroit retourner en Sicile.

ALCANDRE.

Ce conseil est fort bon, mais il est inutile.

SULPICE.

Mais si l'on vous connoît...

ALCANDRE.

Qu'importe de perir;
Puisque j'aurois absent, tout de même à mourir.

SULPICE.

Au moins écrivez donc...

ALCANDRE.

Ecris, dispose, envoye,
Mais devant, vois l'Infante, & fay que je la voye.
Adieu, va-t'en, je vois des Païsans venir.
J'avois encore assez dequoy t'entretenir;
Mais c'est icy le tems qu'en ce lieu solitaire,
Constance chaque jour vient regreter son frere.
Figure-toy l'excez de ma confusion,
Quand moy qui suis l'auteur de son affliction:
Contre moy je l'entens, à moy même me dire
Tout ce que la vengeance de son courage inspire;
Mais, quand bien je serois d'elle connu, je croy
Que bien-tôt nôtre paix se feroit d'elle à moy,
Nous l'allons rencontrer....

SCENE II.

PAYSAN I. MAURICETTE, FELIPIN.

PAYSAN I.

IL y va trop du nôtre ;
Pourquoy plûtôt que moy ? Pourquoy plûtôt qu'un autre ?

FILIPIN.

Peste du cheval.....

PAYSAN I.

Oüy, pourquoy parleras-tu
Plûtôt que moy ?

FILIPIN.

Je suis plus sage & mieux vêtu.

MAURICETTE.

Vois-tu Perrin Dandin donne luy ton suffrage,
Filipin est l'honneur de tout nôtre village,
Il sçait lire par cœur, pourquoy donc contester ?
Son oncle qui du bourg étoit le Magister.....

PAYSAN I.

Son oncle, comme luy, n'avoit point de cervele.

FILIPIN.

Veux-tu qu'à coup de poing nous vuidions la querelle ?

PAYSAN I.

Non ; mais je sçay fort bien, que l'on t'a mal choisi.
Et que je m'en retourne au village.

FILIPIN.

Vas-y,

PAYSAN I.

Je n'y veux pas aller moy.

FILIPIN.

N'y vu pas compere,
Harangue la Princesse.

PAYSAN I.

Et je n'en veux rien faire ;
Moy, suis-je ton valet ? es-tu mon maître, toy,
Pour commander ainsi ?

FILIPIN

Je le tiens par moy
Fou.

MAURICETTE.

Tantôt haranguant, ne manque pas de dire
Depuis le Prince mort, que nous n'avons vû rire
Personne dans le Bourg, & que tous ces Soldats
Qui cherchent l'assassin, sont larrons comme [chats.

FILIPIN.

C'est assez, discourons sur nôtre mariage

MAURICETTE.

Discourons.

FILIPIN.

Dés l'abord sans tarder davantage ;
Au lieu qu'un mari neuf s'amuse à caresser,
Je veux sur ton muzeau ma rigueur exercer,
Luy faisant de soufflets une salve tres-rude.

MAURICETTE.

Tu crois donc qu'en frappant on rend sa femme prude ;
Outre que je pourrois te le rendre, & bien fort,
Sçache, toy qui pretend me mal-traiter d'abord,

Que si tune vis pas en mary pacifique ;
Je t'arbore à coup seur un timbre magnifique.

FILIPIN.

Toy vilaine ?

MAURICETTE.

Oüy moy, vilain ; car parle à moy.
Pourquoy me battre ainsi ?

FILIPIN.

Ce n'est en bonne foy
Qu'à bonne intention, & par pure maxime ;
Ecoute. Un malheureux avoit commis un crime :
Se voyant condamné de recevoir comptant,
Cinquante coups de foüet d'un bourreau bien foüettant ;
(Car chacun sçait bien-tôt ce qu'un bourreau sçait faire)
Il gagna par argent ce bourreau mercenaire,
Afin qu'il moderât la fustigation :
Mais le bourreau d'abord sans moderation
Luy fit sentir trois coups : le pauvret tout bas peste.
Voila sans ton argent comme eût été le reste
Dit le bourreau prudent, & depuis acheva
De façon que son dos tout son cuir conserva.
A l'application : si par experience,
Je t'ay fait voir que j'ay de battre la science ;
Tu me redouteras

MAURICETTE.

Voyez le bel oyseau !
Ma foy l'un de nous deux changera bien de peau
Ou nous verrons beau jeu.

FILIPIN.

Tay-toy méchante langue
Et me laisse plûtôt songer à ma harangue

MAURICETTE.

Vois-tu, ne me fais plus tantôt pour toy rougir.

FILIPIN.

Tu me vas adorer tant je vay bien agir.

MAURICETTE.

Dy bien tout ce qu'il faut

FILIPIN.

Et j'en diray de reste :
Mais la voici qui vient ; quelque fat, male peste,
Iroit la haranguer, & je ne suis pas prêt ;
Qu'un autre au lieu de moy harangue s'il luy
plaist.

SCENE III.

CONSTANCE, ALCANDRE.

CONSTANCE.

Ces conseils ne sont bons qu'aux ames insensibles.
Il est vray, la tristesse a des charmes nuisibles ;
Mais j'ay perdu mon frere, & ce dernier malheur
Me donne toute entiere en proye à la douleur.
Ces monts qu'il dépeuploit de leurs bêtes
sauvages,
Ces rochers, ces valons, ces plaines, ces
bocages,
Dont il fut l'ornement & la tranquillité,
Sont privez comme moy de leur felicité.
Ces lieux où tant de fois mon humeur solitaire
Rencontroit des objets capables de luy plaire,

Ne feront desormais, qu'augmenter mon ennuy;
Puis que mon frere est mort, rien ne me plaît sans luy.

ALCANDRE.

Si ce n'est point, Madame, à moy trop entreprendre,
Puis-je sçavoir de vous, ce que je crains d'entendre.
Ce funeste malheur diversement conté,
Confond le bruit du peuple avec la verité.

CONSTANCE.

Depuis sa mort, mon ame en sa douleur constante,
Se divertit à faire un recit qui l'augmente.
Ecoute donc, Ascagne, & tu vas tout sçavoir.
Ce prodige charmant & dangereux à voir,
L'Infante ma cousine, en Naples adorée,
Et des Princes voisins ardemment desirée,
L'objet de mille vœux, & de mille soûpirs,
Fit à mon frere aussi naître de vains desirs;
Vains, ou plûtôt mortels, puis que sa mort cruelle,
Est un effet du feu dont il brûla pour elle.
Ce feu par les soûpirs de son cœur enflâmé,
Parut bien-tôt aux yeux qui l'avoient allumé,
Et ces visibles Dieux de ce malheureux frere,
Virent luire son feu, sans s'en mettre en colere.
La Princesse agréoit ses soins infortunez,
Au dessein de son pere ayant les siens bornez.
Tout rioit à mon frere, & sa haute esperance,
N'avoit plus rien à craindre, étant sans concurrence,

Quand le Roy, qui faisoit de sa fille, son Dieu,
Souhaita de porter sa gloire en plus d'un lieu.
Il prepare sa Cour à des fêtes publiques.
Ses Herauts vont par tout en habits magnifiques.
Dans Naples en peu de tems, on voit de tous côtez
Arriver inconnus les guerriers invitez.
Un magnifique bal se donne dans le Louvre,
Où le Roy trouve bon, que d'un masque on se couvre;
Parce qu'il crût qu'au Bal les Princes inconnus,
Sans cette liberté ne fussent pas venus.
Un Cavalier masqué, dont la mine heroïque,
Le procedé bizarre, & l'habit magnifique,
De toute nôtre Cour se fit considerer,
Entra seul dans la salle; & sans déliberer
S'alla jetter aux pieds de l'Infante Isabelle,
Poussant du bras mon frere à genoux devant elle.
Mon frere plus discret, & plus respectueux,
Se contenta pour lors de luy parler des yeux.
L'autre ayant quelque tems entretenu l'Infante,
Regardant mon Germain d'une façon choquante,
Regle mieux tes desirs, luy dit-il, & me croy;
Pour aimer Isabelle il faut être né Ro .
Cela dit, il porta la main sur son épée,
Laissant à l'admirer l'assemblée occupée,
Et sortit; mais d'un air si superbe & si fier,
Qu'on ne l'arrêta point: il gagna l'escalier,
Et l'épée à la main entre cent hal'ebardes,
Donna de la terreur aux plus hardis des gardes.

ALCANDRE.

Ce guerrier quel qu'il soit, fit un coup bien hardy,

CONSTANCE.

Il le fut encore plus que je ne te le dy.

ALCANDRE.

Quoy que son action paroisse temeraire,
Elle n'est pourtant pas d'un homme du vulgaire.

CONSTANCE.

Le jour d'aprés le bal le tournoy commença.
Mon frere aux ptemiers jours maints Guerriers terrassa,
Je ne te diray point leurs chiffres, leurs livrées,
Leurs devises, leurs noms, leurs superbes entrées,
Aussi bien aprés eux l'inconnu Cavalier,
Ne parut pas plûtôt, qu'il les fit oublier,
Tel que le Dieu de Thrace est dépeint dans la fable,
Il parut sur les rangs même plus redoutable.
Ascagne, je ne puis te le peindre autrement;
Car, quoy qu'il soit de moy hay mortellement,
Si ces tresors cachez répondent aux visibles;
Je confesse qu'il peut plaire aux plus insensibles.
Mon cher frere s'anime en voyant ce rival;
Il choisit une lance, & change de cheval.
Ils combattent, enfin, ô! malheur effroyable,
Mon frere est renversé pâle & froid sur le sable.
Tu te peux figurer aprés un frere mort,
Les regrets que je fis, moy qui l'aimois si fort.
Le Roy de son balcon, quelques ordres qu'il donne
Et tout grand Roy qu'il est, n'est oüi de personne.
La place est devenuë un spectacle d'horreur.
Dans la confusion le superbe vainqueur

Rencontre peu d'obstacle à faire sa retraite ;
S'opposer à ses coups, c'est chercher sa défaite ;
Il massacre, il renverse, on le craint, on le fuit,
Il reçoit du secours d'un guerrier qui le suit ;
Et telle est la terreur, qu'il donne à tout le monde.
Que l'on craint même aussi celuy qui le seconde.

ALCANDRE.

Madame, je crois voir cette confusion
Tant l'art est merveilleux de vôtre expression ;
Mais se put-il sauver, ce guerrier plein d'audace ?

CONSTANCE.

Comme un vent, comme un foudre, il sortit de la place.
Le Roy d'aller aprés, ordonne vainement.
On s'attroupe, on le suit, mais de loin seulement,
Cependant son cheval par sa vîte carriere,
Se dérobant à ceux, qu'il a laissez derriere,
Rend leur poursuite vaine ; on ne croit pourtant pas,
Qu'avec tous les Soldats, qu'on a mis sur ses pas,
On ne le prenne enfin : mais qu'il soit pris, qu'il meure,
Sa mort me rendra-t'elle un frere que je pleure ?
C'est le triste sujet, qui m'amene en ces lieux,
Et qui me rend la Cour un sujet odieux.

SCENE

SCENE IV.

HELENE, CONSTANCE, ALCANDRE, FILIPIN; PAYSANS.

HELENE.

MAdame, vos sujets sont venus du village,
Vous faire une harangue en leur grossier langage,

CONSTANCE.

Qu'on les fasse approcher.

FILIPIN.

Ses regards m'ont troublé.
Maudit soit la harangue, & qui m'en a parlé.
Madame donc, Madame, on dit que vôtre frere
Est mort, à mon avis il ne pouvoit pis faire.
Chacun dit qu'il est mort comme feu Pharaon,
Ou comme Phaëton, ou comme Fanfaron,
Enfin comme un des trois, vous choisirez, Madame,
Cependant il est mort, Dieu veüille avoir son ame.
Pour prendre l'assassin tout est plein de Sergens,...

CONSTANCE.

Ascagne, qu'il se taise.

ALCANDRE.

Allez mes bonnes gens,
Madame est empêchée.

FILIPIN.

Homme que Dieu confonde,
Est ce ainsi que l'on vient interrompre le monde,
Et me couper en deux un mot dans le gosier?
Il fait bien l'entendu ce Monsieur l'Ecuyer
Ou bien Maître d'Hôtel.

CONTANCE.

Allez donc vîte Heleine,
Avertir au Château, qu'un carrosse on amene.

MAURICETTE.

Adieu beau harangueur; mais comme j'ay le dos.

FILIPIN.

Mâtine, ay-je rien dit qui ne soit à propos.

MAURICETTE. *Elle s'en va.*

On t'a pourtât fait taire avec ton beau langage.

FILIPIN. *seul.*

Ne me lanterne point malancontreux visage.
Sur le premier railleur, qui viendra m'agasser,
Je veux de mille coups ma colere passer.
Ascagne, qu'il se taise, a dit la dégoûtée,
Voyez le grand tourment, elle étoit bien gâtée
D'employer un moment à me bien écouter;
Mais elle a mieux aimé faire la Dame Esther
Avec son Ecuyer, qui la mene & ramene.
Vous verrez, qu'elle avoit la mere, ou la migraine:
Ma harangue ma foy, valoit bien un sermon,
Et j'allois haranguer comme un Roy Salomon:
A son d m, elle y perd plus que moy. Ma boutique
Que je ne trouve point me rend melancolique.
La quinteuse qu'elle est pour se faire chercher,
Dans quelque endroit du bois a bien pû se cacher.

Dieu garde la garde des dents tant de loup que
de louve,
Cependant cherchons-là, quand on cherche
l'on trouve.
Je puis déja gager, qu'elle n'est point ici,
Ny dans ce gros hallier, ny dans cet autre aussi:
Mais que vois-je briller dans cette roche
obscure,
Si j'allois y trouver quelque bonne avanture;
Voyons, en bonne foy, voici bien du butin,
C'est un bonnet de fer doublé de bon satin,
Bien doré par dessus, & l'habit luy ressemble;
Dans l'Eglise du Bourg certain Saint ce me
semble
Est vêtu tout de même auprés d'un gros
dragon,
Il faut pour le vêtir dépoüiller le jupon,
Et puis s'aller quarrer au milieu du village:
Entrons pour cet effet dans le prochain bocage;
Aussi bien j'apperçois certaine nation,
Qui depuis peu chez nous vit à discretion.

SCENE V.

LICASTE, SOLDATS.

LICASTE.

Mes compagnons, la fin de nôtre quête
est proche,
Le corps de son cheval au pied de cette roche,

Fait voir qu'il n'est pas loin, & je serois d'avis,
Puisque nos compagnõs ne nous ont pas suivis,
Que quelqu'un d'entre nous, qui que ce soit n'importe,
Pour rendre nôtre troupe en cas de besoin forte,
Aille les assembler; car vous n'ignorez pas,
Quel homme nous cherchons.

SOLDAT I.

J'y vay tout de ce pas.

SOLDAT II.

Son cheval, ou plûtôt sa puante carcasse,
Depuis long-temps sans doute infecte cette place,
Et maint loup, & maint chien s'en est fort bien trouvé,
Et l'Inconnu depuis peut bien s'être sauvé.

LICASTE.

L'apparence? a-t'on pas occupé les passages?
Nos gens ne sont-ils pas épars dans les villages?
Les lieux plus éloignez n'en sont-il pas couverts?
Et tous les ports fermez, qui les auroit ouverts?

SOLDAT.

Compagnons je l'ay vû.

LICASTE.

Qui vû?

SOLDAT.

Le redoutable;
Celuy que nous cherchons, l'inconnu, le grand Diable.

LICASTE.

Vient-il icy?

SOLDAT.

Tout droit, armé comme il étoit,
Quand dans Naples luy seul tout Naples il battoit.

Le voyez-vous qui vient ?

LICASTE.

C'est luy, cachons-nous vîte,
Nous seriõs tous gâtez, s'il nous prenoit au gîte.

****

SCENE VI.

FILIPIN.

PArbleu me voila bon armé comme un soldat.
J'étois tantôt David, & je suis Goliat ;
Il est vrai que ma taille est un tant soit peut rape,
Ma coiffure de fer est faite en chosse trape,
Je m'y suis pris les doigts en haussant & baissant,
Tantôt dans nôtre Bourg passant & repassant,
Je m'en vay bien reluire en mon bel attelage,
A ma grosse dondon, pour qui d'amour j'enrage.
J'ay peur qu'elle n'en veüille au neveu du Curé,
Parce que le Dimanche il est tout bigarré,
Et qu'il racle des doigts une vieille guiterne ;
Mais ce voyant tantôt ainsi qu'un Oloferne,
Elle ouvrira les yeux, & se repentira,
D'un certain coup de pied qu'elle me desserra,
Comme je la courois dans une cheneviere.
Elle ruë en genisse & devant & derriere ;
Mais si nous devenons par le Prêtre conjoints,
Messire Filipin fait merveille des poings.
Tout cet habit de fer pese autãt qu'une enclume,
Sans aller au logis chercher un lit de plume ;
Reposons quelque tems nôtre malheureux corps,
S'en fâche qui voudra, je ronfle quand je dors.

SCENE VII.

LICASTE, SOLDAT, FILIPIN.

LICASTE.

IL se livre luy même & se met dans le piege.
FILIPIN *s'endormant*.
Chargé comme je suis j'avois besoin de siege.
LICASTE.
Il va dormir, laissons assoupir les esprits ;
Car le prendre autrement, c'est pour en être pris.
Soldats ne risquons rien, & devant toute chose
Lions-luy bien les mains, cependãt qu'il repose:
Otons-luy son épée, & puis le saisissans,
Et faisant de nos cris approcher les passans,
Nous les envoyerons chercher nos camarades,
Comme nous à sa quête épars dans les bourgades.
SOLDAT.
Le voila garotté de la bonne façon,
Et même desarmé ce dangereux garçon.
LICASTE.
Eveillez-le.
SOLDAT.
Hola, hô Cavalier, qui reposes,
Il est tems d'entrouvrir tes deux paupieres closes.
Je le tiens mort ou sourd.
LICASTE.
La peste comme il dort,
S'il ne ronfloit en diable, on le prendroit pour mort.

Ce Mars n'a pas l'amour peint sur son beau visage,
Et sa beauté n'est pas du prix de son courage.
Levez-vous, Cavalier.

FILIPIN *s'éveillant.*

Qui va là? qui va là?
Et qui m'a garrotté les mains comme cela?

LICASTE.

Monsieur, vous êtes pris, & vôtre resistance
Ne feroit que montrer icy vôtre impuissance.
Vous êtes sans épée.

FILIPIN

Et quand bien j'en aurois,
C'est encor à sçavoir, si je m'en défendrois.

LICASTE.

Nous vous connoissons bien, Monsieur, tréve de feinte,

FILIPIN.

Si j'étois dans le Bourg je formerois ma plainte,
Et tu serois au moins aux dépens condamné:
Mais enfin pourquoy donc m'a-t'on emprisonné.

LICASTE.

Vous avez mis à mort par une audace extreme,
Le cher neveu du Roy dans Naples à ses yeux même.

FILIPIN.

Et par qui sçavez vous que j'ay fait ce beau coup?

LICASTE.

Par vos armes.

FILIPIN.

Ma foy, vous me plaisez beaucoup;
A l'instant seulement je les ay ramassées.
Que maudit soit celuy qui les a là laissées.

Et pour le Prince mort, si c'est le Prince Henry,
Je suis né son sujet, & j'en suis fort marry.

LICASTE.

Vous vous cachez en vain sous un grossier langage.

FILIPIN.

Je serois bien caché : mais cependant j'enrage.

LICASTE.

Et cependant marchons. Nous prendrons un cheval
Dans le premier village.

FILIPIN.

On ne fera pas mal,
De m'avoir un cheval, s'il faut enfin que j'aille
Car j'ay peine à marcher avec tant de ferraille.

LICASTE.

Allons vîte.

FILIPIN.

Tout beau, vous vous précipitez.
Lorsque je suis chargé, je marche à pas contez :
Mais soldats ou larrons qui me venez de prendre,
Le Roy vous devroit bien, un beau jour faire pendre,
D'éveiller ses sujets lors qu'ils dorment si bien,
Et de me garroter comme un galerien,

LICASTE.

Allons, allons, Monsieur

FILIPIN.

Oüy, qui le pourroit faire,
Je me tueray le corps seulement pour vous plaire ;
Armez-vous nous verrons vôtre legereté,
Ou bien courez devant si vous êtes hâté.

Fin du premier Acte.

ACTE II.

SCENE I.

CONSTANCE, HELENE.

CONSTANCE. *Helene sort.*

ALLEZ faire venir l'étranger. Insensée,
Pourquoy te plais-tu tant en ta folle pensée?
Elle est incompatible avecque ta [vertu,
Puisque tu la connois, pourquoy l'écoutes tu?
Etouffe de bonne heure une honteuse flamme;
Crains Ascagne, & le fuis; chasse-le de ton ame,
Déja n'y sens-tu pas augmenter son pouvoir,
Et que pour y regner il n'a que le vouloir?
Mais considere Ascagne: il est des plus aimables;
Les mieux faits de la Cour luy sont ils comparables?
Ne fait-il pas reluire en la moindre action,
Je ne sçay quoy de grand, & de condition?
Son esprit est charmant, son ame est magnanime,
Des biens de la fortune il ne fait nulle estime;
Les répand en prodigue, & ne possedant rien,
Il l'a fallu forcer a recevoir du bien.

Par fois je le surprens, qui rêve & qui soûpire,
Je ne puis ignorer ce que cela veut dire,
Il me l'a trop appris depuis que le voy :
Mais il peut soûpirer pour une autre que moy.
O ! si j'étois l'objet de cette rêverie !
Mais qu'est-ce que m'inspire une aveugle furie ?
Que je ne le sois point : Qu'ingrat ou vertueux ;
Que trop peu clair-voyant, ou trop respectueux,
Il refuse mon cœur ; que même il le méprise,
Je croiray luy devoir mon repos, ma franchise,
Je luy devray mon cœur, qu'il n'aura pas voulu.
Princesse qu'as-tu dit, & qu'as-tu resolu ?
Si ce cher étranger te traitoit de la sorte,
Croy-tu pour le souffrir d'avoir l'ame assez forte.
Le moindre déplaisir te fait pousser des cris,
Et tu pourrois souffrir un si cruel mépris.
Ha ! ne te flatte point, la perte de ton frere,
Auprés d'un tel mépris, n'est qu'un malheur vulgaire ;
Plûtôt que de souffrir un semblable malheur,
Tu mourrois mille fois de honte & de douleur.
O Dieux ! il vient icy, pour comble de ma peine.

SCENE II.

CONSTANCE, ALCANDRE.

CONSTANCE.

QUE cherchez vous, Ascagne ?

ALCANDRE.

Ayant apris d'Helene
Que vôtre Altesse....

CONSTANCE.

Helene a rêvé, retournez.

ALCANDRE.

Madame, j'obeïs.

CONSTANCE.

Toutefois revenez.

ALCANDRE *seul*.

Quelle humeur de Princesse, inquiette, interdite,
Qui veut, qui ne veut point, qui me cherche, & m'évite,
Qui m'envoye appeller, & ne me parle pas.

CONSTANCE.

Ascagne, vous parlez ce-me semble tout bas;
A quoy rêvez-vous tant?

ALCANDRE.

Au bien que vous me faites,
Que j'auray peine à rendre étant ce que vous êtes.
Je reçoy tous les jours quelques nouveaux bien-faits,
Et croy, que vous voulez m'accabler sous leur fais.

CONSTANCE.

Souffrez-vous de la peine à m'être redevable?

ALCANDRE.

D'un sentiment si bas, je ne suis pas capable.

CONSTANCE.

Quel éclaircissement faites-vous donc icy?

ALCANDRE.

Je me tais.

CONSTANCE.

Non, parlez.

ALCANDRE.

J'ose donc dire aussi,
Que je ne puis oüir sans quelque inquietude.
Vôtre Altesse blâmer souvent l'ingratitude.
Si vous parlez pour moy, si vous m'avertissez
De n'être point ingrat, vous même m'y forcez,
Au moindre compliment que je vous en veux faire,
Vous changez de discours. & vous me faites taire,

CONSTANCE.

Soyez reconnoissant, & ne le dites point.

ALCANDRE.

Ha! Madame, est-ce là, ce que l'honneur enjoint?
Et que penseriez-vous de mon ingrat silence?

CONSTANCE.

Je ne veux point de vous d'autre recónoissance.

ALCANDRE.

Il m'est fort mal-aisé de vous bien obeïr.

CONSTANCE.

Il vous est fort aisé de vous faire haïr.

ALCANDRE *seul.*

Que je puisse mourir, si j'y puis rien comprendre.
Mais que feray-je donc ayant tant à vous rendre?

CONSTANCE.

Puis que vous l'ignorez, le tems vous l'apprendra.

ALCANDRE.

Cependant je demeure ingrat.

CONSTANCE.

On le verra.

ALCANDRE.

Si vous me connoissiez.

CONSTANCE *seule.*

J'en dirois bien de même.

ALCANDRE

Vous m'estimeriez moins.

CONSTANCE *seule.*

Tu sçaurois que je t'aime.
O qu'un tel sentiment va contre ma vertu !
Et s'il n'est étouffé qu'il doit être au moins tû!

ALCANDRE *seul.*

O! si la sœur sçavoit, que j'ay tué son frere ;
Et que j'ay merité sa haine & sa colere....

CONSTANCE.

Vous parlez bas encor.

ALCANDRE

Songeant à mon malheur,
Je ne puis m'empêcher....

CONSTANCE.

D'être un fort grand rêveur ;
Mais Licaste de Naple arrive.

SCENE III.

LICASTE, CONSTANCE, ALCANDRE.

LICASTE.

A Vôtre Altesse,
Je viens, ou je me trompe adoucir la tristesse.

Enfin, Madame, on sçait qu'Alcandre est le cruel.
Dont le bras nous ravit le feu Prince en duel.

CONSTANCE.

Alcandre de Sicile ?

LICASTE.

Oüy, Madame.

CONSTANCE.

Ha ! le traître;
Et n'a-t-on pû sçavoir, où l'inhumain peut être ?

LICASTE.

On le sçait bien, Madame, & c'est pour ce sujet
Que je viens vous trouver.

ALCANDRE *seul.*

Je suis pris, c'en est fait.

LICASTE.

Mon ordre est de parler à celuy qui commande
Depuis peu dans le Fort.

CONSTANCE.

Ascagne, on vous demande.
C'est de la part du Roy.

ALCANDRE *seul.*

Qu'attens-je à commencer
A gagner une porte, a m'y faire forcer,
Enfin, à succomber comme doit faire Alcandre,
Percé de mille coups, plûtôt que de me rendre ?

CONSTANCE.

Avez-vous bien oüi ce que je vous ay dit ?
Hé quoy toûjours rêveur & toûjours interdit ?

ALCANDRE *à part.*

Je me trahis moy-même, ô Dieu ! l'erreur étrange.

CONSTANCE.

Approchez, qu'avez-vous ? le visage vous change,

LICASTE.

Madame, devant vous, il faut qu'en attendant
Que l'on presente au Roy ce nouveau Commandant,
Il jure de garder le Prince de Sicile,
Dont la prise s'ignore encore dans la Ville.
On la cele pour cause, & le soldat armé
Qui sous moy sert d'escorte au carrosse fermé,
Ne sçait pas le chemin qu'il tient, ny ce qu'il [porte;
Alcandre.....

CONSTANCE.

A ce seul nom la haine me transporte.
O sexe ! ô bien-séance ! ô que n'est il permis,
De croire la fureur contre ses ennemis !

LICASTE.

Madame, vous pouvez le voir, sans être vûë.

CONSTANCE.

Ha ! je ne puis point voir un objet qui me tuë,
Prêtez serment, Ascagne.

ALCANDRE.

Oüy, je jure & promets.
A ma fidelité de ne manquer jamais,
D'avoir l'œil sur tous ceux qui me voudroient surprendre ;
D'avoir le même soin, de bien garder Alcandre,
Que j'aurois pour moy-même, & je dône ma foy,
Que personne ne peut le mieux garder que moy.

CONSTANCE.

Licaste, livrez luy ce Prince, & qu'on le traite,
Selon, que vous sçavez, que le Roy le souhaite :
Mais comment l'a t'on pris ?

LICASTE.

Suivi de mes Soldats,
Des deux Fiers inconnus ; je me mis sur les pas ;

Mais mon malheur voulut que je perdis leur trace.
Il leur survint de même une rude disgrace.
Je trouvay leurs chevaux dans le fond d'un torrent,
De leur chûte brisez, l'un & l'autre expirants;
Je reconnus d'abord, & le poil, & la selle
De celuy du guerrier, qui d'une chûte telle,
Quoy qu'il se fût sauvé, devoit apparemment
N'être pas loin du lieu de son trébuchement.
Je parle à mes soldats, & je les encourage
D'entreprendre un travail qu'avec eux je partage.
Je les separe tous, deux à deux, trois à trois;
Nous montons les rochers; nous visitons les bois.
Je trouve l'Inconnu, las, à pied, chargé d'armes.
Je n'avois avec moy, que deux de mes Gens-d'armes,
Je l'attaque pourtant: mais comme il est adroit
Autant que valereux, il gagne un poste étroit,
Et d'abord difficile, où seulement de face
Nous pouvions l'aborder. Là, sa guerriere audace
Des Soldats, que j'avois alors avecque moy,
En moins de rien changea le courage en effroy.
J'eus beau les animer: seul je me vis en tête,
Un guerrier jusqu'alors craint comme la tempête.
Enfin me hazardant, je passe dessus luy.
Sa valeur, qui n'a point sa pareille aujourd'huy,
Soit qu'il fût las, succombe: il fallut donc se rendre.
Si bien que, je puis dire, avoir moy seul pû prendre

Un Heros indompté, que tout un peuple émû,
A tâché d'arrêter, & ne l'a jamais pû.

ALCANDRE *seul.*

O le hardi menteur ! ô l'extreme impudence !

LICASTE.

J'oubliois, qu'il affecte en tout une ignorance,
Qui m'a d'abord surpris, fait le mauvais plaisant;
Il parle en Villageois, & croit se déguisant
Ne passer pas icy pour Prince de Sicile :
Mais il est découvert, sa feinte est inutile.

HELENE.

Madame, vous allez avoir toute la Cour.
Le Roy vient.

LICASTE *parlant à Alcandre.*

Le carrosse entrera dans la cour;
Pour approcher du Fort : Mais le Roy.....

SCENE IV.

LE ROY, CONSTANCE.

LE ROY.

Capitaine ?
Allez prendre ce Prince, & que l'on me l'amene.

CONSTANCE.

Ha ! Sire, trouvez bon, en l'état où je suis,
Que j'évite un objet, qu'avec raison je fuis.

LE ROY.

Oüy, ma niece, sortez, il est juste.

CONSTANCE.

J'espere,
Que vous me vangerez de la mort de mon frere.

LE ROY.

Cette affaire n'est plus, ce qu'elle étoit hier :
Car Alcandre n'est pas un simple Cavalier.

CONSTANCE *s'en va.*

Il est Prince, il est vray : mais mon frere étoit Prince.

SCENE V.

FILIPIN, LICASTE, SOLDATS. SULPICE, LE ROY.

PILIPIN.

Pour sçavoir qui je suis, je me tâte & me pince,
Si je m'en crois tout seul, je ne suis qu'un pied plat,
Si j'en crois ces gens-cy, je suis un grand soldat.
On me mene à la Ville, & puis on me translate,
Toûjours de mal en pis, de Caïphe à Pilate.
Au moindre petit bruit, ils sont effarouchez,
Et je ne vis jamais des gens plus empêchez :
Mais enfin, chers Geoliers : vous fais-je peur ? m'en fuis-je ?
Pourquoy me prenez vous ? que vous fais je ? qui suis-je ?

LICASTE.

Un grand Prince.

FILIPIN.

Autre fou. Je n'en vis jamais tant.
En campagne on me nomme, un brave combatant,
Un dangereux pendart : on me nomme à la Ville,
Le vaillant Prince Alcandre, ou l'Infant de Sicile.

LICASTE.

Vous êtes découvert, vos gens sont arrêtez.

FILIPIN.

Et vous le croyez tous ?

LICASTE

Tous.

FILIPIN.

Et tous, vous mentez.
Je ne suis, par ma foy, ny l'Infant, ny Alcandre,
Et moins encor, je sçay pourquoy l'on m'a pû prendre ;
Car, s'habiller de fer, est-ce un si grand forfait ?

LE ROY.

Vainement vôtre Altesse ainsi se contrefait.

FILIPIN.

Altesse ! hé beau vieillard, qu'est-ce donc qu'une Altesse ?
J'esperois en voyant sa barbe & sa vieillesse,
De rencontrer enfin, quelque homme sage icy ;
Mais cette Altesse là me met en grand soucy.

LE ROY.

Prince encor une fois, la feinte est inutile,
Nous vous connoissons tous, pour l'Infant de Sicile.

SULPICE.

Je m'en vay, comme il faut appuyer cette erreur.
Mon Maître, c'est donc vous ? quel insigne bonheur !

FILIPIN

Quel insigne insensé ! celuy cy, par mon ame,
Est le pire de tous. Grand Dieu, que je reclame,
Je ne vois que des fous sur moy se relayans,
Je m'aimerois bien mieux, parmi les mécreans.

LE ROY.

S'il feint, on ne peut mieux ; car tout de bon, il pleure ;
Il faut le remener, Licaste, tout à l'heure.
Que l'on le traite en Prince, & d'un tel prisonnier,
Donnez ordre, qu'on ait un soin particulier.
J'avois crû, me voyant, qu'il cesseroit de feindre :
Mais il est, ce qu'il feint, & je l'en trouve à plaindre.

LICASTE.

Allons, mon Prince, allons.

FILIPIN *seul*.

Où me conduisez vous ?
Je ne sçaurois, ailleurs, trouver de plus grands fous.
J'en viens de voir icy, depuis demi-quart-d'heure,
Plus que je n'en verray de ma vie, ou je meure.

LE ROY.

Ma fille, vôtre esprit, de douleur abatu,
Devroit se relever, par sa propre vertu.

SCENE VI.

ISABELLE, SABINE, LE ROY.

ISABELLE.

MAIS, Sire, un cher parent.

LE ROY.

Tout parfait, tout aimable;
Mais il étoit mortel.

ISABELLE.

Mais je serois blâmable,
Si son sang, & le nœud, qui nous devoit unir,
N'agissoient, comme ils sont dedans mon souvenir.
Que de mes pleurs mon pere, est mauvais interprete!
Je cheris, ce qu'il hait, & crains ce qu'il souhaite.

LE ROY.

Quel remede, Sabine, à cette affliction?

SABINE.

Le meurtrier, du Prince, en sa possession.

ISABELLE.

Que tu dis vray, Sabine! & que si j'en dispose,
Puis que de ma tristesse, il est la seule cause,
A le voir seulement, que j'auray de plaisir:
Mais le Ciel rigoureux, s'oppose à mon desir.

LE ROY.

Dans un rang élevé, les testes adorées,
Des yeux de leur sujets, sont fort considerées.

Quand on les voit molir, sous leur affliction,
On les croit voir manquer, à leur condition;
Et l'on n'attend plus d'eux qu'une valeur commune,
Incapable de vaincre une adverse fortune.
Cessez donc vos regrets, & vous ressouvenez
Qu'il faut mieux soûtenir le rang que vous [tenez.

ISABELLE.

Mais, Sire, vos soldats auront pû se méprendre.
Est-on bien assuré, que c'est le Prince Alcandre?

LE ROY.

Son valet le confirme, & s'afflige de plus,
De voir son Maître ainsi, de son bô sens perclus.
On n'en doit plus douter, aprés sa lettre lûë;
Je dois l'avoir sur moy, si je ne l'ay perduë.

ISABELLE.

O! que n'a-t'il déja le mal que je luy veux,
Et que le ciel n'est-il favorable à mes vœux!

LE ROY,

Lettre.

D'un jeune desir emporté
Inconnu je vay voir & Naples, & ses fêtes:
Je reviendray bien-tôt vers vôtre Majesté,
Et couvert de lauriers, & riche de conquêtes.
Comme Roy, vous me blâmerez.
Un si hardi dessein vous doit mettre en colere;
Mais, vous me le pardonnerez,
Car, que peut à un fils, refuser un bon pere?
Sa lettre me surprend, & je ne puis comprendre,
Qu'elle soit d'un esprit, tel que celuy d'Alcâdre.

ISABELLE.

Qu'on le cache à mes yeux, Sire, ce prisonnier,
Ou de mes déplaisirs, ce sera le dernier.

LE ROY, *il s'en va.*

Je ne puis plus la voir, de la sorte abatuë.
Ayez-en soin, Sabine.

ISABELLE.

Ha, ma douleur me tuë !
Il est pris, mon Alcandre, & le Ciel a permis
Qu'il soit entre les mains de ses grands ennemis.
Il faut que je le voye, il faut que ma cousine,
Me rende cet office. Ha ! ma chere Sabine,
Qu'un voyage fâcheux, qui t'éloigna de moy,
M'a fait voir, que j'ay peine, à me passer de toy.

SABINE.

Madame, vous direz, que je suis bien hardie,
D'oser vous avoüer que je vous étudie,
Et quoy qu'à ce dessein, j'aye l'esprit bandé ;
Que je ne comprens rien en vôtre procedé.
Vous soûpirez sans cesse, & repandez des larmes ;
Flêtrissez vôtre teint, affoiblissez vos charmes ;
Et puis, pour les auteurs des maux que vous sentez,
Je vous vois des soucis, je vous vois des bontez.
Jadis de vos secrets, je fus dépositaire :
Mais le plus important, vous m'avez voulu taire.
Vous sçavez pourtant bien, qu'un langage indiscret
Ne m'a jamais renduë indigne d'un secret.

ISABELLE.

Oüy, Sabine, je veux t'en faire confidence ;
Pour toy, de plusieurs jours, je rompray le silence.
Le secret important que je vay reveler,
Est de ceux qu'on voudroit à soy-même celer :
Ecoute, en peu de mots, devant que quelqu'un vienne.
Tu ne peux ignorer cette guerre ancienne,

Qui des mers de Sicile, a fait rougir les eaux,
Et dans ses ports forcez a porté nos vaisseaux.
Mais les meilleurs succez ont leurs vicissitudes:
Les nôtres à leur tour, en ont eu des plus rudes.
Depuis qu'un Prince Alcandre, endosse le harnois,
La deité sans yeux, qui fait du bien sans chois:
La fortune autrefois, que nous croyons amie,
Pour Alcandre éveillée, & pour nous endormie,
A conduit ses desseins, & les nôtres trahis,
Et l'a fait la terreur de nos tristes Païs.
Tandis qu'on s'apprêtoit à ces Fêtes celebres,
Dont les jeux perilleux devinrent si funebres.

SABINE.

Ce fut en ce tems-là que je quitay la Cour,
Où du Prince on blâmoit déja le fol amour.

ISABELLE.

Je la blâmois aussi cette audace funeste;
Mais le Roy l'approuvoit, Ecoute donc le reste.
Un Marchand étranger, dans ma chambre introduit,
Des plus riches tresors que l'Orient produit;
A mes yeux étala les pieces les plus rares,
Et qui pouvoient le plus saouler les cœurs avares.
Une boëte d'émail, que l'art encherissoit,
Plus qu'un gros diamant, qui l'œil éblouïssoit,
Me fit voir en l'ouvrant mon image portraite,
Et qui sembloit parler tant elle étoit bien faite.
Surprise à cet objet, si jamais je la fus;
Je vis que ce Marchand n'étoit pas moins confus.
Alcandre, me dit-il d'une face étonnée,
M'a depuis quelques jours cette boëte donnée.

Alcandre

Alcandre de Sicile, un Prince que vos yeux,
Font un captif soûmis, d'un vainqueur odieux.
Vôtre portrait, Madame, a fait cette merveille,
Vôtre celebre nom ravissoit son oreille,
Et quand dans un portrait il vit vôtre beauté,
Ce cher portrait depuis fit sa felicité :
Mais d'un si grand tresor ne s'estimant pas digne,
Et par cet humble aveu se voulant rendre insigne
Entre tous les amans qui souffrent dans vos fers,
Ce Prince genereux que j'aime & que je sers,
M'a par un ordre exprez commandé de vous rendre,
Ce portrait, ou plûtôt, tout le bonheur d'Alcandre :
Car je ne doute point, privé de ce portrait,
Qu'il ne meure bien-tôt, vous aimant comme il fait.
Aprés m'avoir tenu ce surprenant langage,
Il sortit, me laissant cette boëte pour gage
Que dés le jour d'aprés, il viendroit sans manquer,
Contenter mon desir, la vendre, ou la troquer.
Je l'ouvris : mais Sabine, au lieu de ma figure,
D'Alcandre j'apperçus la galante peinture,
Si semblable au Marchand, que je reconnus biẽ,
Qu'Alcandre, & le Marchand ne differoient en rien.

SABINE.

Quoy ! Madame, c'étoit....

ISABELLE.

Le Prince Alcandre même.

SABINE.

Ha ! voila de l'amour le plus beau stratageme !
O ! que j'aime ce Prince, & ne revint-il plus ?

ISABELLE.

Tu le sçauras bien-tôt, ne m'interromps
donc plus.
Lors je me figuray, qu'il se pouvoit bien faire,
Qu'un Prince plein d'amour, en amant temeraire,
Auroit pour m'approcher le Marchand contrefait,
Et pour se découvrir supposé son portrait.
J'y reportay les yeux, & j'y crus voir les
marques,
Et l'air grand que le Ciel donne au front des
Monarques :
Mais insensiblement, je ne m'avisois pas,
Qu'en ce fatal portrait, je trouvois trop d'apas !
Que te diray-je plus ? je le revis encore,
Ce Marchand, ou plûtôt ce Prince qui m'adore :
Mais si beau, si bien fait, n'étant plus déguisé,
Que de gagner mon cœur, il luy fut fort aisé :
Ainsi l'amour vainquit, & nos cœurs s'échangerent :
Ainsi deux ennemis se reconcilierent ;
Ainsi souvent depuis nos mutuels sermens
Amuserent l'espoir de deux jeunes amans.

SABINE.

Je ne devinois pas de vos pleurs l'origine,
Et je ne pense pas qu'un autre la devine.

ISABELLE.

Tu peux juger par-là que mes yeux languissans
Ne pleurent point les morts, & pleurent les
absens.

Je sens pour mon cousin, un regret vray-
semblable;
J'ay pour mon cher Alcādre une peur veritable;
Les guerres, les discorts qui broüillent nos
maisons,
Combattent mon amour de puissantes raisons:
Ils luy disent qu'Alcandre au pouvoir de mon
pere,
Ne peut pas éviter les traits de sa colere:
Et mon amour leur dit, que ny sexe, ny rang,
Ny devoir, ny respect, ny la force du sang,
Ne peuvent m'empêcher qu'au meurtrier
d'Alcandre,
Fût-ce même le Roy, je ne me fasse entendre,
Detestant sa rigueur, souhaitant le trépas,
Et que même à ses yeux je ne le cherche pas.

SABINE.

L'honneur d'un tel secret m'a beaucoup
obligée:
Mais, Madame, pour vous je me sens affligée,
Je vois plusieurs desseins aux vôtres opposez.

ISABELLE.

Pourveu qu'Alcandre vive, ils me seront aisez.
Ne perdons point de tems, va sçavoir de
Constance,
Quand je la pourray voir, pour chose d'im-
portance.
Si tu m'aime, va vîte, & fais adroitement
Qu'elle vienne aussi tôt dans mon apparte-
ment.

Fin du second Acte.

ACTE III.

SCENE I.

CONSTANCE, ISABELLE, SABINE.

CONSTANCE *suivie de l'Infante qui l'observe.*

! RAISON qui m'avez si-tôt abandonnée,
Revenez au secours d'une ame forcenée,
De ses desirs esclaves, & qui passe en un jour,
D'un deüil inconsolable en une honteuse amour.
O! Dieu, l'Infante....

ISABELLE.

Enfin, je vous y prend; rêveuse.

CONSTANCE.

Madame, je le suis, & de plus malheureuse.

ISABELLE.

J'en puis bien dire autant, je ne la suis pas [moins,
Puis que je puis icy vous parler sans témoins,
Je vous ouvre un secret, ô! ma belle cousine,
Que vous partagerez avecque ma Sabine.

Pour un dessein étrange, & dont je vous diray,
La cause & le progrez, lors que je le pourray.
Il m'importe de voir le Prince de Sicile,
Et c'est pour ce sujet que j'ay quitté la ville.
Je m'en vay dans le parc faire un tour; cependant,
Comme vous disposez ici du Commandant,
Vous ferez qu'en secret, je puisse voir Alcandre.
Je reviens à l'instant.

CONSTANCE.

Et que viens je d'entendre ?
Avec un prisonnier qu'a-t-elle à démêler ?
Quel en est le motif, puis qu'il le faut celer ?
Me demander à voir l'assassin de mon frere !
Le fleau de son païs, l'ennemi de son pere !
Ascagne, que je vois, me doit tout; il pourra
L'observant, m'informer de ce qu'elle fera,
Que fait le prisonnier, Ascagne ?

SCENE II.

ALCANDRE, CONSTANCE, SULPICE.

ALCANDRE.

IL se tourmente
Il maudit son destin & s'afflige.

CONSTANCE.

L'Infante.

Que je viens de quitter, me conjure instamment,
De la faire parler à ce Prince un moment.
Son dessein me surprend ; quelque desir que j'aye
D'en trouver la raison, vainement je l'essaye.
Vous pouvez m'y servir : ce service rendu
Ascagne, auprés de moy ne sera pas perdu.
Vôtre Charge vous rend la chose fort facile,
Ayant droit d'observer le Prince de Sicile.
Il vous est fort aisé dans cette occasion,
De me faire juger de vôtre affection.
Quel est cet homme ? *Sulpice paroît.*

ALCANDRE.

C'est un des sujets d'Alcandre.

CONSTANCE.

L'Infante va venir, vous n'avez qu'à l'attendre,
Je vais au devant d'elle afin de l'avertir,
Que l'on fera d'icy tout le monde sortir,
Et qu'on fera trouver ce Prince icy sans garde,
Seul moyen de le voir sans qu'on y prenne garde.

ALCANDRE.

Je sçauray son secret, Madame, assurément.

CONSTANCE.

Vous promettez beaucoup.

ALCANDRE

N'en doutez nullement.

CONSTANCE.

Retenez ses discours, observez son visage.

ALCANDRE. *Constance s'en va.*

Madame, je pretens faire encor davantage.

SULPICE.

Ha ! mon Maître, ha ! mon Roy.

ALCANDRE.

Sulpice, parle bas.

SULPICE.

Tel est bien mon dessein, mais je n'y songe pas.

ALCANDRE.

Que dis tu de me voir gardien de moy-même ?
Et ma bonne fortune, est-elle pas extreme ?
D'avoir gagné le cœur d'une divinité,
De qui dans un moment je seray visité.
Elle me croit aussi, l'adorable Isabelle,
Un prisonnier d'Etat : je ne le suis que d'elle ;
Hors elle, dont je suis esclave, & que je sers,
Je pretens en ces lieux pouvoir donner des fers.

SULPICE.

Vous en pouvez donner à cette grosse bête,
Ce fou d'Etat.

ALCANDRE.

Non, non, c'est une illustre tête,
Sur qui je regne ; au moins il ne tiendra qu'à moy.

SULPICE.

Mais, Seigneur, qui vous met si bien auprés du Roy.
S'il découvre jamais qu'un Prince de Sicile.....

ALCANDRE.

Ne perdons point le temps en discours inutiles
En un jour, qui des miens, peut être le dernier.
Cependant que je fais venir le prisonnier,
Qui de necessité doit avec moy paroître,
Où je hazarderois de me faire connoître,
Tu le tiendras icy. L'Infante va venir :
D'indifferens discours songe à l'entretenir ;
Ne luy découvre rien, afin que je luy fasse,
Moy-même le recit, du fou mis en ma place.

SULPICE.

Seigneur, c'est hazarder le pacquet grandement,
Et c'est agir, me semble, impetueusement.
J'ay peur que nôtre affaire, aussi tendre qu'un verre,
Pour être trop poussée, enfin ne donne en terre,
L'Infante est imprudente & son zele indiscret,
Ce dessein hazardeux ne peut être secret.

Alcandre sort.

Les actions des Grands, de tant d'yeux éclairées,
Du public rarement peuvent être ignorées,
Mais on ouvre.

SCENE III.

ISABELLE, SABINE, SULPICE.

ISABELLE.

Sabine, entrez, & gardez bien
Qu'on écoute, ou qu'on entre icy.

SABINE.

Ne craignez rien.

ISABELLE.

Ton Maître donc, Sulpice?

SULPICE.

A l'instant je l'amene;

ISABELLE.

Va vite, je me sens dans l'aise & dans la peine.

Tant

Tant que je l'aye vû, mon esprit agité
Ne peut être remis dans sa tranquillité,
Ha ! Prince malheureux.

SCENE IV.

ALCANDRE, ISABELLE.

ALCANDRE.

Ha ! Princesse adorable;
Ne parlez point de moy comme d'un miserable;
Puisque je puis encor vous voir, & vous parler,
En bonheur avec moy qui se peut égaler ?
Que le Roy de ma mort se repaisse la vûë,
J'y marche sans regret, puis que je vous ay vûë;
Les coups que la fortune a contre moy lancez,
D'un seul de vos regards sont trop recompensez.

ISABELLE.

Je ne vous répons pas, Prince, le tems me [presse;
Vous voyez ce que fait pour vous une Princesse.
Vous êtes hors du Fort; Vos Gardes n'y sont
pas.
Le pont-levis du Parc est ouvert, A cent pas
Un cheval vous attend, de l'argent & des armes;
Sauvez-vous, & jugez de mon cœur par les
larmes, *Elle se porte un mouchoir au visage.*

ALCANDRE.

Me sauver, ma Princesse, & m'éloigner de vous?
Abandonner ces lieux où le ciel m'est si doux ?

Quand icy je serois accablé sous mes chaînes,
Quand j'y succomberois sous le fais de mes peines,
Puis qu'étant délivré je vous éloignerois,
Si on me délivroit je m'y r'enchainerois.
Bien loin d'être en ces lieux prisonnier, j'y commande,
Je m'y garde moy-même; & ce que j'aprehende
Est moins le déplaisir de m'y voir enfermé,
Que celuy de m'y voir malgré moy trop aimé.

ISABELLE.

Alcandre, ce discours passe ma connoissance,
Ou manque de lumiere, ou moy d'intelligence.

ALCANDRE.

Je vay vous l'expliquer, Madame, en peu de mots.
Ma fortune mêlée & de biens & de maux,
Peut-être le sujet d'une avanture telle,
Qu'aucun Roman jamais n'en fournît de plus belle.

ISABELLE.

Mais quelqu'un vient avec Sulpice.

ALCANDRE.

C'est celuy,
Par qui j'ay le bonheur de vous voir aujourd'huy.
A mon déguisement il sert de couverture,
Et nous sommes mêlez dans la même avanture.

****

SCENE V.

FILIPIN, SULPICE, ALCANDRE, ISABELLE, SABINE.

Alcandre & Isabelle parlent bas.

FILIPIN.

Je suis donc devenu grand Prince en un instant?

SULPICE.

Vous ne fûtes jamais autre chose.

FILIPIN.

Et pourtant
Il est vray qu'hier au soir, j'étois encor moy-même,
Filipin.

SULPICE.

Monseigneur, dans la douleur extreme
Que vous causent les fers d'une rude prison,
Vous parlez quelquefois en homme hors de raison.

FILIPIN.

Un homme hors de raison, n'est-ce pas en vulgaire
Un fou?

SULPICE.

Non tout-à-fait: mais il ne s'en faut guere.

FILIPIN.

Je suis donc Prince & fou?

SULPICE.

L'un des deux.

FILIPIN. Et le Roy

De Sicile est mon pere ?

SULPICE.

Oüy, Seigneur.

FILIPIN.

Par ma foy

Je ne l'eusse pas crû : J'ay grand peine à le croire,

Et ne le croiray point.

SULPICE.

Quoy de vôtre victoire,

Vous ne conservez pas le moindre souvenir ?

FILIPIN.

Non plus que.....

SULPICE.

Je vay donc vous en entretenir.

Vous parûtes, Seigneur, au milieu de la place

Avec vôtre air guerrier, & vôtre noble audace.

FILIPIN.

Est-il bien vray ?

SULPICE.

Le Prince Henry, neveu du Roy,

Courut six ou sept fois contre vous.

FILIPIN.

Contre moy ?

SULPICE.

Oüy, Seigneur : sous vos coups il mordit la poussiere,

Il fallut se sauver en forçant la barriere.

Vous fîtes le Demon.

FILIPIN.

Peste !

SULPICE.

Je vous joignis.
Il falut trepaner tous ceux que j'atteignis.

FILIPIN.

N'en trepana-t-on point de ma façon ?

SULPICE.

Personne :
Car quand vous vous battez, vôtre bras toûjours donne
Du fendant, non du plat. Or donc pour revenir
Au recit commencé, qu'il faut enfin finir.

FILIPIN.

Ne vous pressez pas tant, je me plais à l'entendre.

SULPICE.

On nous suivit bien vîte, ô ! mon bon maître Alcandre !
Mais nous fûmes aussi bien vîte, & fîmes bien,
Où l'on nous attrapoit tous deux en moins de rien,
Nous gagnâmes, enfin, une roche fort haute.
Nos chevaux par malheur, peut-être par leur faute,
Se rompirent le cou, l'on vous surprit armé,
Et l'on vous a depuis dans ce fort enfermé,
Où vous faites le fou de peur que vôtre Altesse
Ne soit connuë icy : mais de vôtre finesse,
Vous ne tirerez pas beaucoup d'utilité,
Puis qu'on est informé de vôtre qualité.

FILIPIN.

Vous croyez qu'on la sçait ?

SULPICE.

Je n'en fais point de doute.

FILIPIN.

Et moy, si je la sçay, puisse-je ne voir goute,
Et de la sçavoir mieux, je le donne au plus fin.
Si bien qu'on ne veut plus que je sois Filipin.
Quand je voy mon habit; quand je vois qu'on me garde;
Quand je voy maints soldats armez de hallebardes;
Qu'on me sert; que je bois en trou; mange en pourceau,
Que je dors à souhait, dans un lit bon & beau,
Je croy sans davantage en rechercher la cause,
Que si je ne suis Prince, il s'en faut peu de chose.
Ensuite de cela, vient ce menteur maudit
Me bouleverser l'ame avecque son recit.
Il m'appelle son maître, & me dit à ma face,
Que je suis fils d'un Roy: puis dans une grand place
Me fait paroître armé, comme on dit, jusqu'aux dents,
Me fait tuer un Prince, & donner des fendants,
Tandis qu'il donne aussi des coups dont on trepane.
Puis il dit, que chacun devant moy fait la cane,

Devant moy, que la peur fait plonger en canard.
Et puis toûjours monté sur mon cheval Bayard,
Me fait en moins de rien traverser des campagnes :
Ensuite trebucher du sommet des montagnes
A me rompre le cou : puis me fait prendre armé
Et se trouve avec moy dans un fort enfermé.
Ces deux derniers malheurs sont à moy : mais les autres
Ce menteur malgré moy, les met parmi les nôtres.
Si comme me soûtient ce hardi compagnon,
Je suis Prince : je suis un Prince Champignon
Venu dans une nuit.

SULPICE.

Cela pourroit bien être.

FILIPIN.

Tout cela supposé, je veux trancher du maître.
Sulpice?

SULPICE.

Quoy, Seigneur?

FILIPIN.

Qui cause en ce coin-là?

SULPICE.

C'est l'Infante.

FILIPIN.

L'Infante! appelle, appelle-là,
Que nous voyons un peu comme est fait une Infante.
A la voir, celle-cy paroît divertissante.

ISABELLE *à part avec Alcandre.*

Ma cousine est à craindre en ce rencontre-cy.

ALCANDRE.

C'est elle seulement qui m'inquiete aussi.
Les autres ne sont rien, ou ne sont pas à craindre.

ISABELLE.

Vous êtes donc d'avis que nous cessions de feindre.

ALCANDRE.

Oüy, c'est le seul moyen, par lequel aisément,
Nous pourrons découvrir du Roy le sentiment.
Faisons de nôtre amour à plusieurs confidence;
Ou quelqu'un d'eux, ou tous, par l'humaine impuissance
De ne pouvoir long tems un secret conserver,
Dira le nôtre au Roy, qu'il faut lors observer.
S'il apprend sans couroux cette importante affaire,
Nous nous découvrirons sans craindre sa colere,
Et s'il s'emporte, alors je vous enleveray;
De cent vaisseaux armez Naple j'effrayeray.
Le peuple craint la guerre, il prendra nôtre cause,
Voyant, quoy que plus fort, que la paix je propose;
Nos amis agiront, & nous aurons pour nous,
Le repos de l'Etat si necessaire à tous.

ISABELLE.

J'y vois de l'apparence ; il faut aujourd'huy même,
Jetter les fondemens de nôtre stratagême.

FILIPIN *à l'un des bouts du Theatre.*

Et l'Infante ? Sulpice.

SULPICE.

Elle s'en va venir.

FILIPIN.

Elle tarde long-tems : se fait-elle tenir ?
Hó, hó, vous êtes donc ce qu'une Infante on nomme ?
Telle que vous voila vous valez bien un homme,
Peste ! qu'elle est bien faite, & qu'elle donnera
De beaux & grands enfans à qui l'épousera.
Nous pourrions bien un jour, moy Prince, elle Princesse,
Pour ne pas succomber à l'humaine foiblesse,
En pompeux appareil, dans Naple aux yeux de tous,
Joüer le personnage, & d'épouse, & d'époux.
J'en veux dire deux mots au Roy de Partenope ;
Au reste, ma moitié doit être Penelope,
N'entretenir jamais d'homme en particulier,
Comme presentement vous faites mon Geolier.
Et vous qui me semblez bête un peu trop privée,
Pour Geolier, vôtre mine est beaucoup relevée ;
Ou decocquettez-vous, ou si nous sommes joints,
Vous n'approcherez pas ma femme sans témoins,

Ou vous vous laisserez tailler comme un
Eunuque,
Et raser jusqu'au cuir vôtre longue perruque.
Oüy, pour mieux établir nôtre tranquillité
Je veux que l'on renonce à sa virilité.

ISABELLE.

Vous êtes bien jaloux.

FILIPIN.

Et plus que vous ne dites.
Les conversations seront tres-interdites
A ma femme, & sur tout ce qu'on nomme
Cadeaux,
Trebuchets inventez par les Godelureaux.

ALCANDRE.

Comment un Païsan peut-il sçavoir ces choses?

FILIPIN

Vous ne croyez donc pas dans les metamorphoses?
Païsan dites-vous? apprenez idiot,
Que l'on peut devenir Prince de pied d'escot;
Que depuis deux Soleils aux champs comme
à la Ville,
Je suis le Fils aîné du grand Roy de Sicile.
Je ne sçay pas comment: mais je m'en trouve
bien,
Et ne changerois pas ma qualité pour rien.
Feu mon oncle du Bourg étoit Maître d'Ecole,
Il avoit du sçavoir, quoy que la têre folle.
Le pedant me faisoit lire à devenir fou,
Ce que je dis est pris, je ne puis dire où,
Ne vous étonnez point des disparastes nôtres,
Si nous nous frequentons, vous en verrez
bien d'autres.

ISABELLE.

Son diſcours me ſurprend.

ALCANDRE.

Il me ſurprend auſſi.

SABINE *entre.*

Le Roy vient d'arriver.

ISABELLE.

Qu'on l'ôte donc d'icy.
Sabine tenez-vous cependant à la porte,
Je veux parler au Roy de choſe qui m'importe.

SULPICE.

Il nous importe à nous de ſortir promtement.
Mon Prince, retournons dans vôtre appartement.

FILIPIN.

Si je veux.

SULPICE.

Non, non, Prince, il n'eſt Prince qui tienne,
Si le Roy vient, il faut que vôtre Alteſſe vienne.

Fin du troiſiéme Acte.

ACTE IV.

SCENE I.

CONSTANCE, ALCANDRE.

CONSTANCE.

LES avez-vous oüis les discours de l'Infante ?

ALCANDRE.

Oüy, Madame, & de plus, l'affaire est importante,
Elle n'offroit pas moins au Prince prisonnier,
Le premier des brutaux, des hommes le dernier :
Qu'un cheval, de l'argent, des armes, un navire ;
Enfin de le sauver.

CONSTANCE.

Qu'est-ce qu'amour inspire !
Si c'est luy, qui produit en elle un tel effet,
Pour un Prince qu'on dit avoir l'esprit mal fait.
L'avez-vous bien oüie ?

ALCANDRE.

Autant que si moy même
Je l'eusse entretenuë.

CONSTANCE.

Il faut bien qu'elle l'aime.

Qu'a dit le prisonnier :

ALCANDRE.

Qu'ayant donné sa foy,
Pourveu qu'on le traitât comme le fils d'un Roy,
Contre ses ennemis de ne rien entreprendre,
Qu'il alloit de l'honneur d'un Prince comme Alcandre,
De garder sa parole, & qu'il la garderoit,
Quand le Roy par sa mort la sienne fausseroit.

CONSTANCE.

Ce Prince a de l'honneur, quoy que de luy l'on die
Que son ame est mal faite autant qu'elle est hardie.
Je voy venir l'Infante, Ascagne, éloignôs-nous.

SCENE II.

ISABELLE, SABINE.

ISABELLE.

PERSONNE ne sçauroit m'y mieux servir que vous.

SABINE.

Madame, ce secret est de ceux que l'on cache?

ISABELLE.

Peut-être fais-je mal de vouloir qu'on le sçache;
Mais je veux qu'on me serve, & sans chercher pourquoy,
Qu'on fasse aller ce bruit de la Cour jusqu'au Roy.

SABINE.

Si vous me commandiez de garder le silence,
Peut-être manquerois-je à mon obeïssance :
Mais quand vous m'ordonnez de ne le garder pas,
Vous m'imposez des loix pour moy pleines d'appas.

ISABELLE.

Divulgue ce secret avec quelque mystere,
Fais croire que j'ay peur qu'il soit sçû de mon pere,
Et sur tout prens bien garde à ne pas découvrir,
Que c'est Alcandre & moy, qui le faisons courir.

SCENE III.

ISABELLE, CONSTANCE, SABINE.

ISABELLE.

Ma cousine, j'ay vû ce Prince déplorable,
Et je vous en seray pour jamais redevable,
Je ne l'oublîray pas, & je vous le rendray,
Dans les occasions que j'en rencontreray.

CONSTANCE.

Par si peu de service avoir bien pû vous plaire
C'est sans l'avoir gagné recevoir son salaire :
Mais l'avenir pourra reparer le passé.

ISABELLE.

Ce service est plus grand que vous n'avez pensé,

Car enfin ma cousine afin de vous apprendre,
Le sujet qui m'oblige à venir voir Alcandre.
Sçachez, ô Dieu ! j'ay honte, & ne puis reveler
Sans rougir un secret, que je devrois celer.
Sçachez donc que l'estime, & que la valeur haute,
De ce Prince captif m'ont fait faire une faute:
Si c'est faillir d'avoir laissé prendre son cœur,
A celuy dont le bras n'est jamais que vainqueur.

CONSTANCE.

La vaillance est aimable, il est vray ; mais Madame,
Alors que la vaillance est seule dans une ame ;
Et que d'autres vertus ne l'accompagnent pas,
Cette vaillance alors n'a pas beaucoup d'appas.

ISABELLE.

Les goûts sont differens.

CONSTANCE.

Et même l'on publie,
Que ce Prince insensé merite qu'on le lie.

ISABELLE.

Vous ne connoissez pas Alcandre, & je vois bien
Que vous prenez pour luy, ce qui de luy n'a rien.

CONSTANCE.

Je ne m'ingere pas de blâmer vôtre flamme,
Ayant à reprocher même chose à mon ame :
Car enfin, puis qu'il faut que je rougisse aussi,
J'aime, & le cher vainqueur qui m'a prise est icy.

ISABELLE.

Et c'est ?

CONSTANCE.

Cet étranger Espagnol,

ISABELLE.

Qui ? le même

Qui dans le fort commande?

CONSTANCE.

Oüy.

ISABELLE.

Vous l'aimez?

CONSTANCE.

Je l'aime.

ISABELLE.

C'est trop vous oublier dans vostre qualité.

CONSTANCE.

L'amour est bien souvent une necessité.

ISABELLE.

Il ne faut point avoir de passion honteuse.

CONSTANCE.

Celle que j'ay pour luy n'est pas impetueuse,
Et ne m'a point portée à luy faire accepter,
Les chevaux & l'argent dont je puis l'assister.

ISABELLE.

Je croy que vous avez dessein de me déplaire?

CONSTANCE.

Quand on est trop poussée, on a peine à se taire.
C'est pourquoy je fais bien de m'éloigner de vous.

ISABELLE.

Oüy, tu me fais plaisir d'éviter mon courroux.

SCENE

SCENE IV.

ALCANDRE, ISABELLE, CONSTANCE.

ALCANDRE.

MADAME je revien.....

ISABELLE.

Où revien-tu ? perfide,
Qui joins le nom d'ingrat à celuy d'homicide.

ALCANDRE.

Moy, Madame, un ingrat !

ISABELLE.

Non, non, tu ne l'es pas,
Et Constance pour toy n'est pas pleine d'appas ?
Qui l'a si bien reçûë en son ame amoureuse,
Ne peut assez vanter la sienne genereuse.

ALCANDRE.

Que vous ay-je donc fait digne d'un tel dépit ?

ALCANDRE.

Et que n'a-tu point fait ? & que n'a-tu point dit ?

ALCANDRE.

Je me sens innocent.

ISABELLE.

Je te trouve infidelle.
Tu ne divertis point aux dépens d'Isabelle,
Constance ? & tu n'as point le secret découvert
Des armes, de l'argent, & du cheval offert ?

ALCANDRE.

Il est vray que je vien de le dire à Constance.

ISABELLE.

Découvrir un secret de cette consequence !

ALCANDRE.

N'étions-nous pas d'accord qu'il seroit publié?

ISABELLE.

Je veux bien avoüer de l'avoir oublié,
Et même d'avoir fait une faute importante :
Mais tu ne peux nier que tu trahis l'Infante;
Que Constance l'emporte, & que tu l'aime mieux :
Me crois-tu sans esprit?

ALCANDRE.

Me croyez vous sans yeux?

ISABELLE.

Tu ne l'aimerois pas?

ALCANDRE.

Je l'aimerois, Madame,
Aprés vous avoir fait maîtresse de mon ame?

CONSTANCE *paroît cachée en un coin du Theatre.*

Je puis les écouter d'icy secretement.

ISABELLE.

Aprés t'avoir reçû si favorablement,
Luy peux-tu refuser....

ALCANDRE.

De vous être infidelle ;
Hors cela je ferois toute chose pour elle.

ISABELLE.

Hà, ne m'en dis pas tant.

ALCANDRE.

Ce qu'elle a fait pour nous
Demeure en mon esprit.

ISABELLE.

Et rend le mien jaloux.
Je veux te l'avoüer, mon superbe courage,
N'estime point un bien, qu'avec moy l'on partage.
Où je n'auray pas tout, je ne veux rien avoir:
Il faut ne la voir plus, ou bien ne me plus voir.

ALCANDRE.

Quoy qu'un peu mal-traité de cette jalousie,
J'en ose toutefois flatter ma fantaisie,
Et j'en ose inferer que je suis bien-heureux,
Que vous m'aimez autant, que je suis amoureux.

ISABELLE.

N'aime donc plus Constance.

CONSTANCE *cachée.*

Et que dira ce traître?

ALCANDRE

Madame, je ne puis l'aimer, & vous connoître:
Mais je puis sans manquer à ce que je vous dois,
Luy rendre mes devoirs.

ISABELLE.

C'est trop faire à la fois,

ALCANDRE.

Vôtre miroir devroit vous ôter ces ombrages.
Y pouvez-vous bien voir les riches avantages,
Dont le ciel vous pourvût si liberalement,
Et craindre qu'on vous puisse enlever un amãt?
Ce n'est pas aux beautez rares comme la vôtre,
Que l'on peut disputer un cœur comme le nôtre.
Constance a des appas; mais devãt vous elle est,
Comme un feu qui pâlit quand le soleil paroît,

CONSTANCE.

Je confesse qu'il m'a richement comparée.

ISABELLE.

S'il est vray que ton cœur ne l'ait point adorée,
Ne me la nomme point, ne m'en parle jamais.
Ose-tu le promettre? *Isabelle sort.*

ALCANDRE.

Oüi, je vous le promets.
O Dieu !

SCENE V.

CONSTANCE, ALCANDRE, SULPICE.

CONSTANCE.

Tu le promets? tiendras-tu ta parole,
Trop temeraire amant d'une Princesse folle?
Et ce feu qui pâlit à l'aspect du soleil,
A ton avis, ingrat, est il à moy pareil?
Me cacher ton pais, ton nom & ta naissance:
Faire aller jusqu'à moy ta lâche médisance,
Est-ce sçavoir bon gré d'un azile accordé?
Et d'avoir plus reçû que tu n'as demandé?
Ce n'est pas d'aujourd'huy que ton ame est éprise:
Ce n'est pas sans dessein qu'un méchant se déguise.
Mais par mon interest, par celuy de l'Etat,
On sçaura les motifs d'un pareil attentat.

Adore ton Infante, ose tout pour luy plaire,
Je m'en vay reveler son bonheur à son pere;
Je m'en vay me venger, & sur elle & sur toy,
Et de sa jalousie, & de ton peu de foy,

ALCANDRE.

Si pour vous appaiser il ne faut que ma vie,
Je consens sans regret qu'elle me soit ravie.

CONSTANCE.

Ha! garde pour l'Infante un si beau sentiment,
On ne me trompe pas deux fois facilement.

ALCANDRE.

Ne vous avoir point dit que j'adore Isabelle,
Et que de ses captifs je suis le plus fidelle,
Si c'est être un ingrat, & si c'est vous trahir,
Vous ne me sçauriez trop mépriser ny haïr,
Et ce crime sera d'autant moins remissible,
Que de m'en repentir, il ne m'est pas possible:
Mais vous avoir promis de ne perdre jamais
Le souvenir.....

CONSTANCE.

Dequoy, traitre?

ALCANDRE.

De vos bien-faits.

CONSTANCE.

Ha de mon mauvais choix! c'est me faire reproche,
Laisse-moy, j'en sçay trop: mais le Roy qui s'approche
En va sçavoir assez pour t'apprendre, étranger,
Que je te puis punir, si j'ay pû t'obliger.
Vien voir de quelle ardeur, je cours à ma vengeance.
Sire, dans ma douleur j'aurois de l'allegeance,

Si d'un frere, d'un Prince aimable, & plein d'appas,
Le trépas se vengeoit par un autre trépas :
Mais du feu que l'amour aux jeunes cœurs inspire
L'Infante,....

SCENE VI.

LE ROY, CONSTANCE.

LE ROY.

JE sçay bien ce que vous voulez dire,
L'Infante est imprudente, & j'en meurs de douleur.
Les obligations du sang, & de l'honneur.
Quand je serois pour vous la sans moindre tendresse,
Inspirent la vengeance à mon esprit sans cesse.
Mais un Roy ne doit point agir legerement.

CONSTANCE.

Il doit encore moins agir timidement.
De tout tems, la craintive, & molle politique
Est à recompenser comme à punir inique.
Un crime est avoüé quand il est impuni.
Par vôtre sang versé vôtre nom est terni.
Ce sang est d'un neveu que l'on vous a vû plaindre,
Celuy qui le versa ne vous est plus à craindre ;
Cependant vôtre bras qui doit l'exterminer,
Est à ce que l'on dit prêt à le couronner ;

C'est le bruit de la Cour, Et que même l'Infante.....

LE ROY.

Ma niece, vôtre humeur est un peu violente ;
Le tems vous fera voir.

CONSTANCE, *elle s'en va.*

Que j'ay perdu le mien ;
Que je suis malheureuse, & que vous n'aimez rien.

LE ROY.

Dieu le sçait si je l'aime, & si j'aimay son frere ;
Il faut tout endurer d'une Dame en colere,
Et n'en être pas moins & bon oncle & bon Roy :
Mais Licaste paroît avoir affaire à moy ;
Me voulez-vous parler ?

SCENE VII.

LICASTE, LE ROY.

LICASTE.

Sire, Naple allarmée
De l'abord impréveu d'une puissante armée,
Que le frere d'Alcandre amene à sa faveur,
Croit que vôtre retour dissipera sa peur.
Le Heraut de ce Prince en un moment arrive,
Et l'on ne doute point que le Prince ne suive.
Il demande son frere, & devant tout traité,
Il veut absolument qu'il soit en liberté.
Naple croit que l'on peut dissiper cet orage,
Par une bonne paix, par un bon mariage.

LE ROY.

Je ne veux point d'Alcandre, & veux bien de
la paix.

LICASTE.

La paix sans un Hymen ne se fera jamais.
L'Infante tel qu'il est.

LE ROY.

Folle qu'elle est l'adore
Mais dois-je consentir, ce qui me des-honore?
D'un Prince sans esprit me faire un successeur?

LICASTE.

La prison peut l'avoir jetté dans ce malheur;
Car devant son esprit égaloit sa vaillance.

LE ROY.

On regne sans courage, & jamais sans prudence.

LICASTE.

L'Infante pourroit bien l'allant voir en prison,
Luy redonner la joye avecque la raison.

LE ROY,

Elle vient à propos, essayons ce remede;
Une affaire importante a besoin de vôtre aide,
Ma fille, & vous pouvez vôtre pere obliger,
Rendant une visite à ce Prince étranger.

SCENE

SCENE VIII.

L'INFANTE, LE ROY.

L'INFANTE.

JE veux bien l'aller voir, s'il faut que je le voye.

LE ROY *seul.*

Ses yeux m'auroient appris son secret par leur joye.
Qu'on le fasse venir; & cependant il faut
Tacher de découvrir le secret du Heraut.
Licaste, j'en remets le soin à vôtre adresse.

Licaste sort.

Ce Prince dont l'esprit accablé de tristesse,
N'est pas à ce qu'on dit, tel qu'il fut autrefois;
A d'autres qualitez dignes de vôtre chois.
Au bien de leur Etat les supremes puissances,
Plûtôt qu'à leurs desirs reglent leurs alliances;
Le valereux Alcandre est fils aîné d'un Roy;
Une flotte en nos bords va nous donner la loy;
On nous offre la paix pourveu qu'en Hymenée,
Vous soyez à ce Prince avec Naples donnée;
Consultez-vous, ma fille, & ne craignez jamais
Que je vous sacrifie afin d'avoir la paix.

ISABELLE.

Et moy, Sire, je suis toute prête à tout faire

Pour le bien de la paix, pour l'honneur de
vous plaire.

LE ROY.

Qu'il est aisé de voir ce qu'elle veut celer !

LICASTE.

Alcandre est à la porte, il alloit prendre l'air
Suivant l'ordre donné de relâcher ses chaînes.

SCENE IX.

FILIPIN, LE ROY, ISABELLE, LICASTE, SABINE, ALCANDRE.

FILIPIN.

Je vous voy donc icy beau sujet de mes peines,
Et quel est ce vieillard si grave ?

SULPICE.

C'est le Roy.

FILIPIN.

Ils ne sont donc pas faits d'autre façon que
moy.
Et foin, je devrois bien en Roy mieux me
connoître,
Depuis deux ou trois jours ayant l'honneur
d'en être :
Mais un Prince tardif depuis peu transplanté,
Peut quelquefois sortir hors de principauté.

Mon Altesse sçait mal encor comme on en use,
Dans l'art, & même aussi dans les termes s'abuse:
Mais alors que j'auray dans le metier vieilli,
Qu'on me donne cent coups lors que j'auray failli.
Le tems amene tout. Sulpice donnez ordre,
Et ce sans y trouver à redire ny mordre,
Qu'on me serve à dîner de ces poulets de grain,
Et que pardessus tout la soupe abonde en pain,
J'aime aussi ces pâtez qu'on sert sur une assiette,
Que l'on m'en serve au moins la douzaine complette.
Les Princes n'osent-ils manger du Parmesan?
J'en étois fort friand quand j'étois païsan.
Sulpice sur mon cœur cette belle Infantine,
Fera de grands progrez avec sa bonne mine.
Comment diable? ses yeux me sont autant d'éclairs,
Non pas de ceux qui font scandale dans les airs;
Mais qui sans faire bruit nous surprenant la vûë,
Se font jusques au cœur passage à l'imprevûë.

LE ROY.

Ce Prince est sans remede, & ma fille sans yeux
D'aimer un tel brutal.

FILIPIN.

Vous êtes serieux
Roy de Naple, & je lis en vôtre front severe,
Que vous serez sans doute un tres-fâcheux beaupere:
Laissez-nous icy seuls, parmi les jeunes gens,

Les vieillards sont toûjours des animaux
chargeans.

LE ROY.

Licaste, eusse-tu crû pareille extravagance ?
Avec un Prince tel peut-t-on faire alliance ?
Un Etat tel qu'il soit est-il bien soûtenu
D'un Prince né peu sage, ou bien tel devenu ?
Ha je ne voudrois pas, ny pour fils ny pour
gendre,

FILIPIN.

Que dites-vous tout bas, le visage contrit.
Vous avez par ma foy quelque chose en l'esprit.
J'aime les jouiaux, & n'aime pas les sages,
Qui craignent en riant de froncer leurs visages,
Réjoüissez-vous donc, & que cet air obscur,
Disparoisse du front d'un beaupere futur.
Je vous veux rendre gay par une chansonnette
Sur certaines amours depuis peu par moy faite.

CHANSON.

Qui surprendra Filipin
Soir ou matin,
Sans avoir pris de son vin
Sera bien fin,
Il n'a jamais de chagrin
Et sa Mauricette
Est comme luy faite.

Cette bonne fille & moy
En bonne foy,
Plus heureux que Reine & Roy,
Chacun pour soy,

Ne vivrons qu'à nôtre Loy,
Si quelqu'un en souffle,
Peste du Marouffle.

O que nous deux esprits promts!
Disputerons:
Mais nous nous appaiserons,
Et chasserons,
Tout autant que nous pourrons:
De nous la famine,
Et la triste mine.

N'est-ce pas bien chanter, & mieux qu'un Sansonnet?
Donnez-moy vôtre voix, ou parlez du bonnet.

LE ROY.

Il faut que malgré moy pour un tems je me prive
De l'honneur de vous voir.

PILIPIN

Il faut que chacune vive,
Ne vous contraignez point: pour moy de mon côté
Je m'attens bien aussi de vivre en liberté.

LE ROY.

Je reviendray bien-tôt retrouver vôtre Altesse.

FILIPIN.

Poiat si vous ne voulez, & que rien ne vous presse,
Adieu jusqu'au revoir, soyez le bien sorti,
J'aurois bien-tôt sans vous quelque part pris parti.
Disons-nous des douceurs Princesse de mon [ame,

J'aime ces mots d'amour, de martyre, de flâme,
De vos yeux sont mes Dieux ; enfin ces complimens,
Et ces termes choisis, qu'on lit dans les Romans,
Comment ! tous deux à deux, au lieu de me répondre.
Vous Geolier trop cocquet, que Dieu puisse confondre,
Vous Princesse un peu trop familiere à Geolier,
Vous Sulpice un peu trop avec moy familier,
Vous Sabine un peu trop avec luy familiere,
Vous vous parlez tout bas, & me laissez derriere.

SULPICE.

Nous vous laissions parler.

FILIPIN.

Ce n'étoit pas mal fait,
Car je suis de tout tems grand parleur en effet :
Mais pour bien converser, il faut qu'on se réponde,
Et l'on converse ainsi ce me semble en ce monde.

SULPICE.

Mon Prince, rions donc.

FILIPIN.

Non avec vous fripon,
Qui sortez avec moy des bornes de bouffon.
Je me souvien fors bien de vos actions folles :
Etans seuls, elles vont jusqu'à des craquinolles,
Quand c'est devant le monde, aussi-tôt le respect,
Vous arrête les mains, & vous ferme le bec,

Je me souviens fort bien d'une nuit mal
plaisante,
De mes orteils serrez d'une corde coulante,
Je sçay qui la tiroit de nous deux ; & je sçay
Que qui croit le plus étoit le moins blessé.

SABINE.

Et moy, mon Prince ?

FILIPIN.

Et vous, Sabine la complice
De tous les attentats de l'insolent Sulpice,
La peste qu'en secret avec luy volontiers,
Vous coopereriez à l'ouvrage d'un tiers.
Vous prenez le chemin d'une grande coquette:
Le tems découvrira si je suis bon Prophete.

ISABELLE.

Vous rougissez, Sabine.

SABINE.

Et qui ne rougiroit,
Des discours surprenans de ce fou mal adroit?

FILIPIN.

Capitaine ou Geolier qui parlez à l'Infante,
Vôtre main est hardie ou plûtôt insolente,
Elle serre la sienne, & sans l'en retirer,
La facile qu'elle est se la laisse serrer.

ISABELLE.

Je rougis à mon tour.

FILIPIN.

O Madame Isabelle,
Si vous vous piquez moins d'être bonne que
belle,
Qui sera vôtre époux, soit moy, soit étranger,
S'il n'est un franc stupide aura bien à songer.

SULPICE.

Il eſt malicieux comme un ſinge, & je meure
Si cette nuit il n'a plus d'une mauvaiſe heure.

ALCANDRE.

Je joüe un perſonnage icy fort haſardeux.
Les Rois n'aiment jamais que l'on ſe mocque d'eux,
Quand le Roy connoîtra le veritable Alcandre
Il vengera ſon ſang que je viens de répandre.

ISABELLE.

Non, Prince : ſur ce fou, puis qu'il le prend pour vous
Il auroit déja fait éclater ſon couroux ;
Il ſuivra les conſeils de l'humaine prudence,
Et pour avoir la paix oublîra ſa vengeance.

ALCANDRE.

Mais Conſtance aura dit ce qu'elle ſçait de moy.

ISABELLE.

Mieux qu'elle, & mieux que vous je ſçay l'humeur du Roy.

ALCANDRE.

Pourquoy vous vois-je donc ſi ſouvent inquiete ?
La Sicile nous offre une ſûre retraite,
Je ſuis encor ſans fers, vous diſpoſez d'un Port,
Je puis vous enlever ſans faire un grand effort.

ISABELLE.

Vous flatez mes deſirs par là, je le confeſſe :
Mais, que devient par là l'honneur d'une Princeſſe.

ALCANDRE.

Je me tais.

ISABELLE *luy parle bas.*

Ecoutez.

FILIPIN.

Ou je suis sans raison,
Ou j'apperçois d'icy le haut de ma maison.
Je vois celle d'Othon qui mourut de trop boire
Et celle de Perrin, qu'on croit fils de Gregoire
Le Marguiller du Bourg. J'apperçois le figuier
Pour lequel j'ay procez avec le barbier,
C'est un maudit menteür. Le clocher du Village
Est tout juste en sa place; & je vois le bocage
Qui joint le pré commun, & je me trompe fort
Ou nous sommes icy dans le donjon du Fort.
Et par quel dessein donc, par quelle enchanterie,
Suis-je icy? suis je Prince? aide moy je te prie,
Sulpice, à découvrir la verité du fait,
Je te pardonneray tout ce que tu m'as fait,
L'eau mêlée en mon vin, les deux nuits mal passées,
Ces deux cordes d'Enfer en mes pieds enlacées,
Dont je me sens encor les orteils écorchez,
Et si ce ne sont pas des plus petits pechez.

ALCANDRE.

Sulpice, ôtez ce fou d'auprés de la fenêtre
Il n'est pas tems encor qu'il s'aille reconnoître,
Voila Licaste.

SCENE X.

LICASTE, ALCANDRE, ISABELLE, SULPICE, FILIPIN.

LICASTE.

Il faut, & tout presentement
Reconduire ce Prince dans son appartement,
Et ne permettre pas que personne le voye.
C'est un ordre nouveau que le Roy vous en-[voye.

ISABELLE.

Que fait le Roy?

LICASTE.

Je crois qu'il va bien-tôt donner
Audience aux Herauts que l'on vient d'amener.
On sçait assurément que le frere d'Alcandre
Approche.

ISABELLE.

Donnez-moy la main, je me veux rendre
De bonne heure au Conseil.

LICASTE *& l'Infante sortent.*

On ne l'eût pas tenu
Sans vôtre Altesse.

SULPICE.

Il faut comme l'on est venu
S'en retourner, mon Prince, & vite.

FILIPIN.

A la malheure
M'a-t on fait fils de Roy.

SULPICE.

Je crois que ce fou pleure.

FILIPIN.

Et qui ne pleureroit parmi ces enragez,
Que pour me tourmenter je crois qu'on a gagez.

Fin du quatriéme Acte.

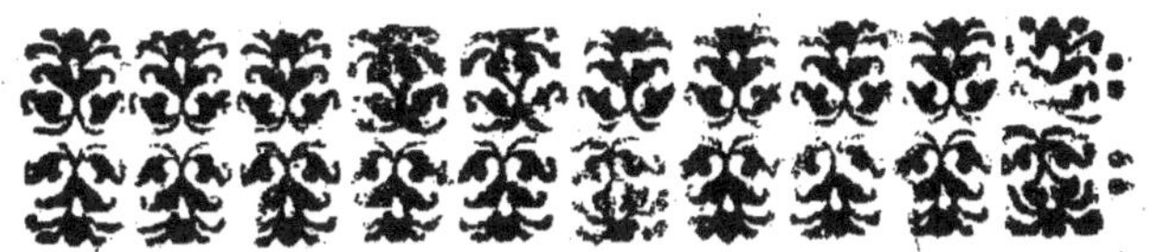

ACTE V.

SCENE I.

CONSTANCE, SULPICE, HELENE.

CONSTANCE.

AIS tu me dis encor qu'il n'a point nom Ascagne.

SULPICE.

Qu'il est Sicilien, & qu'il n'est point d'Espagne.

CONSTANCE.

Pourquoy se cachoit-il ?

SULPICE.

Qui ne se fût cachée ?

Voyant à quel dessein Alcandre étoit cherché:

Je me cachay bien moy, qui ne suis que Sulpice

Et non pas comme luy d'Alcandre le complice.

CONSTANCE.

Ils s'aiment fort.

SULPICE.

Si fort, que ce n'est qu'un des deux,
Et l'on n'en vit jamais de si conformes qu'eux.
Ils ont été nourris dés leur bas âge ensemble,
Et bien plus que le sang l'amitié les assemble.

CONSTANCE.

Comment peut on aimer un Prince sans esprit?

SULPICE.

Mon maître n'est pas tel que l'on vous l'a décrit.

CONSTANCE.

Mais dis-tu vray, Sulpice, est-il parent d'Alcandre?

SULPICE.

Et si semblable à luy qu'on s'y pourroit méprendre.

CONSTANCE.

Puisqu'Ascagne d'Alcandre est le vivant portrait,
Ascagne a l'esprit prés, est un Prince bien fait.

SULPICE.

Madame, encor un coup jugez mieux de mon maître,
Il n'est pas la moitié si fou qu'on le croit être.

CONSTANCE.

Il est donc Prince Ascagne?

SULPICE.

Il est du sang Royal,
Mais n'est-ce point aussi pour luy faire du mal,
Que vous le demandez, je suis un pauvre here,
Qui vous ay bonnement découvert ce mystere;

Mon maître s'il le sçait ne me verra jamais.

CONSTANCE.

Ne crains point, je tiendray ce que je te promets.

Et quel est son vray nom ?

SULPICE.

Alcandre.

CONSTANCE.

Est-il croyable ?

SULPICE.

Deux Princes peuvent bien avoir un nom semblable.

CONSTANCE.

Mais pour les distinguer ?

SULPICE.

C'est fort bien objecté !
Il possede en Affrique une Principauté ;
On le nomme à la Cour Prince de la Goulette,
Par sa valeur conquise, aprés l'ample défaite
De deux Rois circoncis de Thunis, & d'Alger,
Qui s'étoient joints ensemble afin de le charger.

CONSTANCE.

C'est assez.

SULPICE *seul, & s'en allant.*

J'ay menti long-tems sans perdre halene

CONSTANCE.

As tu bien entendu ce qu'il m'a dit, Helene,

HELENE.

J'ay bien oüy mentir.

CONSTANCE.

Pourquoy l'auroit-il fait ?

HELENE.

Pourquoy vous auroit-il apris un tel secret ?

CONSTANCE.

Eſt-il plus reſervé pour celuy de ſon Maître ?
Ha je ne crois que trop ce qu'il m'a dit d'un traitre :
Mais le Roy m'a promis un époux à mon choix,
Tu verras ma vengeance, & ma gloire à la fois.
Elle en aura l'affront la jalouſe Iſabelle,
Rivale, que je hay d'autant plus qu'elle eſt belle.
Allons parler au Roy, puis qu'auſſi bien mes yeux
Découvrent un objet qui leur eſt odieux.

SCENE II.

ALCANDRE, SULPICE

ALCANDRE.

ELLE a jetté ſur moy ſes yeux pleins de furie,
Cette beauté qui m'aime, & qui pourſuit ma vie:
Mais qu'ay-je à redouter de ſes yeux irritez ?
Favoriſé de ceux qui ſont mes deïtez.

Sulpice paroît.

SULPICE.

Je vous cherchois, Seigneur, l'avez-vous rencontrée ?

ALCANDRE.

Qui?

SULPICE.

Constance.

ALCANDRE.

A ma vûë elle s'est retirée
Me regardant d'un œil enflâmé de couroux.

SULPICE.

Avec elle, Seigneur, j'ay bien menti pour vous :
Mais ma foy je pretens mentir à la pareille,
Et que vous mentirez quelque jour à merveille
Pour vôtre serviteur, comme presentement.
Il a fait pour son maître, & fort utilement.
De plus, je vous ay fait aprés l'ample défaite
Des deux Rois circoncis Prince de la Goulette
Et ces Rois Affriquains.....

ALCANDRE

Et que me dis-tu là?
Es-tu fou?

SULPICE.

Fou! je suis tout autre que cela.

ALCANDRE.

Explique-toy donc mieux.

SULPICE.

Sortons de cette salle
D'allans & de venans pleine comme une halle,
Qu'ainsi ne soit, voyez les jolis courtisans.

SCENE III.

MAURICETTE, PAYSAN.

MAURICETTE.

NOus nous sommes aimez dés nos plus jeunes ans.
Un loup aura mangé dans le bois ce pauvre homme,
Je n'en ay pû depuis reposer d'un bon somme.

PAYSAN.

Ne pleurons point encor, il peut bien être allé
A Naple, où les soldats aprés l'avoir volé
L'ont assommé peut-être,

MAURICETTE.

Et Dieu me soit en aide;
Tu me console-là par un plaisant remede?
Soit mangé, soit tué, n'est-il pas toûjours mort?

PAYSAN.

Il est vray: mais aussi pourquoy pleurer si fort?

MAURICETTE.

Il devoit m'épouser à la Saint Jean prochaine.

PAYSAN.

Pour un mort on t'en peut fournir une douzaine.

Ne

Ne laissons pas de voir venir l'Ambassadeur,
J'ay veu déja le Roy, qui sent son Grand
Seigneur,
Il est droit comme un jonc.

MAURICETTE.

On dit que la Princesse
A de plus beaux habits que n'a nôtre Maîtresse.

PAYSAN.

Nous verrons tout.

MAURICETTE.

On dit qu'elle aura pour mary
Un fou, qui l'autre jour tua le Prince Henry.

PAYSAN.

Ce sont des bruits du Bourg : sauvons-nous
Mauricette
Le Roy vient.

SCENE IV.

LE ROY, LICASTE, SULPICE

LE ROY.

Ils sont donc descendus à Gaïette,

LICASTE.

Oüy, Sire, avec grand ordre, & vous offrent la paix.

LE ROY.

Si l'on parle d'hymen, ils ne l'auront jamais

Je veux bien en leurs mains remettre leur Alcandre :
Mais j'ayme mieux en faire un ennemi qu'un gendre.

SULPICE.

Sire, je viens apprendre à vôtre Majesté,
Que cet Ambassadeur qu'on vous a deputé,
Est le Prince luy-même.

LE ROY.

Et quel Prince ?

SULPICE.

Le frere
D'Alcandre.

LE ROY.

Il ne s'est pas déguisé sans mystere.
On ne laissera pas de le bien recevoir,
Pour le mettre en son tort, s'il manque à son devoir.

SCENE V.

LE PRINCE DE SICILE, ISABELLE, LE ROY, &c.

LE PRINCE *de Sicile tenant l'Infante par la main.*

Tant que j'auray de vie, ô Princesse adorable !

J'auray devant les yeux cet accueil favorable :
L'honneur que je reçois de vous donner la main,
Tout mortel que je suis rend mon sort plus qu'humain.

ISABELLE.

La presence du Roy m'empêche de répondre;

LE PRINCE.

Et par trop de bontez d'achever de confondre
Un homme qui ne vient icy que vous offrir
Dix mille hommes, tous prêts de vaincre ou de perir.

LE ROY.

Prince, levez le masque, une heroïque mine
Fait d'abord reconnoître une illustre origine :
Mais je ne comprens pas, quel important secret
Un simple Ambassadeur d'un si grand Prince a fait.

LE PRINCE.

Il est vray, le desir de voir bien-tôt Alcandre
M'a fait sans consulter ce dessein entreprendre.
Sçauray-je maintenant de vôtre Majesté
Pourquoy ce Prince fût par vôtre ordre arrêté ?
La parole d'un Roy qui doit être sacrée
Donnoit dans vos tournois aux étrangers entrée :
Par quel droit a-t-on pû traiter de criminel
Le glorieux vainqueur d'un combat solemnel ?

LE ROY.

Je tairay les raisons que j'eus lors de le faire,
Puis qu'une bonne paix vous rendra vôtre frere.

LE PRINCE.

Rien ne peut l'établir, qu'un mariage heureux,

Qui donne à vôtre fille un époux valeureux,
Et pour jamais unit Naples à la Sicile.

LE ROY.

Ce mariage offert rend la paix difficile.
Un Prince sans esprit eut-il de la valeur,
De ma fille seroit l'infaillible malheur,
Je souhaite la paix : mais la paix seroit chere,
Qui me feroit donner ma fille à vôtre frere.

LE PRINCE.

Le monde a peu de Rois à mon frere pareils,
Son bras vous a moins nuy que n'ont fait ses conseils,
Quoy que ce bras souvent tant qu'a duré la guerre
Du sang de vos sujets ait fait rougir la terre.

LE ROY.

Alcandre & ses soldats si remplis de valeur,
En versant nôtre sang, y laisserent du leur.
Parlez de vos exploits avecque modestie,
Ne vous attirez point quelque aigre repartie.
Vous, Licaste, amenez Alcandre : Vous verrez
Bien-tôt ce sage frere, & vous en jugerez,
Et s'il est sous le ciel un plus fou personnage,
Moy même je veux bien ne passer pas pour sage.
Prince, quand je verrois Naple prête à brûler,
Par le fer, & le feu mon Etat desoler,
Enfin quand je verrois ma fortune reduite
A chercher lâchement mon salut dans ma fuite,
Si pour me délivrer de ce dernier malheur
On m'offroit la Sicile, Alcandre, & sa valeur,
Je mourrois mille fois dans Naple mise en cendre,

Plûtôt que d'accord ma fille à vôtre Alcandre :
Mais voila ce cher frere, allez l'entretenir.

SCENE VI.

FILIPIN, ALCANDRE, SULPICE, &c. *dans un balcon.*

FILIPIN.

Et pourquoy diable icy m'a-t-on donc fait venir ?
Sulpice, apprend-le moy ?

SULPICE.

C'est pour voir vôtre frere.

FILIPIN.

Je n'en eus jamais qu'un qui mourut en galere.

LE PRINCE.

Vous vivez donc, mon frere, & je vous vois encor.

FILIPIN.

A qui s'adresse donc ce drole couvert d'or ?

SULPICE.

A vous même, c'est vôtre frere.

FILIPIN.

A la bonne heure,
Je le méconnoissois ce cher frere ou je meure,

Et je veux de bon cœur qu'il le soit pour long tems.
Ce nouveau fou nous va donner du passe-tems.

LE PRINCE.

Par le plaisir que j'ay d'être en vôtre presence,
Jugez comment j'ay pû supporter vôtre absence.

ALCANDRE.

Un Prince qui vous aime avecque passion
Ne doutera jamais de vôtre affection.

ISABELLE *seule*.

Il parle pour soy-même, & pour le faux Alcandre.
Et le Prince, & le Roy vont par là se méprendre.

ALCANDRE.

Alcandre sçait assez combien il vous est cher.

MAURICETTE.

Perrin, nous n'avons plus Filipin à chercher,
Le voila tout trouvé dans cette grande cage.

FILIPIN.

Je voy ma Mauricette, & Perrin, ha j'enrage!
Si je ne les vay voir de prés. Fille de Dieu,
Hé qui l'a mise icy?

SULPICE.

Mon cher Prince en ce lieu
Faut-il faire le fou?

FILIPIN.

Fripon à toute outrance
Est-ce qu'en un balcon l'on garde le silence,
Quand d'un balcon l'on voit des gens qu'on connoît bien,
Ce balcon défend-il que l'on ne dise rien?

ALCANDRE.

Sulpice, ôte ce fou.

FILIPIN.

Le bourreau m'égratigne
En me tirant d'icy.

LE ROY.

Prince ce frere insigne
Plus sage que vaillant en a-t-il fait assez
Pour vous desabuser.

LE PRINCE.

Devant les gens sensez,
De ce que j'en ay vû l'on ne sçauroit conclure,
A moins que de passer pour la même imposture,
Qu'il soit fou.

LE ROY.

Je vois bien qu'à moins d'être bien prés
Vous ne discernez pas les objets faux ou vrais.
Il faut vous approcher ; Licaste, qu'on amene
Le Prince Alcandre icy.

LE PRINCE *seul.*

Ma raison est mal saine,
Ou celle de ce Roy ne se porte pas bien.

LE ROY.

Je vous vay voir confus, Prince.

LE PRINCE.

Je n'en croy rien.

SCENE VII.

CONSTANCE, ALCANDRE, LE ROY.

CONSTANCE.

SIRE, lors que mes pleurs vous demandoient vengeance,
En vous seul ma douleur trouva de l'allegeance.
Vous me promîtes, Sire, & me dîtes cent fois,
Que vous me donneriez un époux à mon choix.

LE ROY.

Je vous le dis encor, & suis prêt de le faire.
Un bon époux vaut mieux encore qu'un bon frere :
Mais il le faut trouver.

CONSTANCE.

Un Prince en vôtre Cour
Se cache, & paroîtra devant la fin du jour.

LE ROY.

De ce Prince caché je n'ay point connoissance,
Mais j'useray pour vous de toute ma puissance.

CONSTANCE.

Aprés un tel bien fait j'embrasse vos genoux.

LE ROY.

Non, non, faites plûtôt paroître cet époux.

SCENE

SCENE VIII.

FILIPIN, SULPICE, LE ROY, LE PRINCE, CONSTANCE, &c.

FILIPIN.

Double fils de putain que je veux faire pendre.

SULPICE.

Ha, Seigneur.

FILIPIN.

Tu sçauras comme sçait battre Alcandre.

LE ROY.

Quelle étrange rumeur?

FILIPIN.

Dans un passage obscur,
A moy qui crains sur tout de tomber en lieu dur,
Ce traître & scelerat Ganelon ma fait faire
Un saut tout de mon long de son pied temeraire,
Ha, je luy veux moy-même attacher le cordeau,
Ou donner pour le moins les ordres au bourreau,

CONSTANCE *seule.*

N'ay-je point déja vû quelque part son visage?

LE ROY.

Vous avez pû juger, Prince, s'il est bien sage,
Par ce qu'il vient de faire, hé bien qu'en dites-vous?

LE PRINCE.

A grand peine je puis retenir mon courroux,
Si de fous insensez vôtre Cour est remplie :
Est-ce à dire qu'Alcandre ait part en leur folie.

LE ROY.

Vous le trouvez donc sage : avez-vous de bons yeux,
De ne connoître pas qu'il est fou furieux?

LE PRINCE.

En avez-vous vous même, & voyez-vous Alcandre?

LE ROY.

Si je le voy, bon Dieu, pour qui m'osez-vous prendre?

LE PRINCE.

Pour un Roy.

LE ROY.

Mais à qui parliez-vous donc là haut?

LE PRINCE.

A luy, non pas au fou, qu'on me presente.

LE ROY.

Il faut
Qu'un de nous deux icy des fous le nombre augmente.
Nous verrons lequel c'est. Approchez-vous Infante,
Et qu'on fasse venir celuy qui le gardoit.

FILIPIN *poussant le Roy.*

Je me suis en tombant quasi rompu le doigt :
Mais, place, que je cherche icy ma Mauricette.

CONSTANCE.

Celuy qui le gardoit Prince de la Goulette,
Est ce Prince inconnu dont je vous ay parlé.

LE ROY.

Quoy ! ma niece avez-vous aussi l'esprit troublé ?
Prince de la Goulette ! un Affriquain ! un Maure ?

CONSTANCE.

Non Sire, il est Chrétien.

LE ROY.

Jusques icy j'ignore
Qu'aucun Prince Chrétien se qualifie ainsi.

CONSTANCE.

Suffit, que je le sçache, & qu'il se trouve icy.

LE PRINCE.

Sire, dites-moy donc, qu'est devenu mon frere.

LE ROY.

Ha ! cette question redouble ma colere ;
Il est devant vos yeux,

LE PRINCE.

Enfin c'est me joüer.
Je l'ay vû, je ne puis vous le desavoüer :
Mais depuis qu'on l'a fait de ce balcon descendre
Je n'ay plus vû qu'un fou fort different d'Alcandre.

LE ROY.

Nous ne connoissons point d'autre Alcandre que luy.

SULPICE *parlant bas à Isabelle.*

Ces Princes ne pourront s'accorder d'aujourd'huy.

LE PRINCE.

Apparemment je doy bien connoître mon frere.

LE ROY.

Et je croy n'être pas aussi visionnaire.

LE PRINCE *qui voit entrer Alcandre.*

Ha, mon frere, venez faire connoître au Roy
Que nous ne sommes pas des fous, ny vous ny moy.

LE ROY.

Est-ce-là vôtre frere ?

LE PRINCE.

Oüy, Sire, c'est luy même.

ISABELLE.

C'est ce Prince insensé qu'on vous a dit, que j'aime
Il me vit, il m'aima, je le vis, je l'aimay :
Quand j'ay surpris son cœur il a le mien charmé,
Vôtre choix eut-il pû vous acquerir un gendre
D'un merite pareil au merite d'Alcandre ?

ALCANDRE.

Je suis cet ennemi, je suis ce Prince heureux,
Qui portant jusqu'au ciel ses desseins amoureux,
A l'objet de ses vœux eut le bonheur de plaire,
Je ne vous puis nier ce qu'amour me fit faire,
Je sçay quel est mon crime, & qu'à vous en parler
C'est aigrir vôtre playe, & la renouveller.
Pour vôtre sang versé, qui vous coûta des larmes.

Je vous offre le mien & mon bras, & mes armes,
Un fils obeïssant pour un neveu perdu.

LE ROY.

C'est avoir moins ôté que vous n'avez rendu ;
Mais d'où nous est venu ce fou, ce faux Alcandre ?

CONSTANCE.

Personne ne sçauroit mieux que moy vous l'apprendre :
Mais, Sire, auparavant obtiendray-je de vous,
Selon vôtre promesse un Prince pour époux ?

LE ROY.

Je vous la doy tenir puis que je vous l'ay faite.

CONSTANCE *parlant à Alcandre tout bas.*

Ne vous cachez donc plus, Prince de la Goulette,
J'ay fait parler Sulpice, il m'a tout avoüé.
A peine croirez vous que vous êtes joüé.
Sire, il est pourtant vray, que l'Infante elle-même
Se sert pour vous joüer de ce Prince qu'elle aime,
Et qu'il n'est point Alcandre.

ISABELLE.

Et qu'est-il donc ?

CONSTANCE.

Il est
Son parent.

ISABELLE.

Avez-vous en ce Prince interêt ?

CONSTANCE.

J'ay celuy que du Roy la promesse me donne.

LE ROY.

Ma niece vôtre erreur & m'afflige & m'étonne ;

Ouvrez, ouvrez les yeux ce sont vos ennemis,
Qui vous ont en la tête un tel fantôme mis.
Celuy que vous croyez un Prince imaginaire
Est Alcandre, ma niece.

CONSTANCE, *qui voit l'Infante & Alcandre qui rient, & parlent bas.*

Oüy, qui tua mon frere.
Un ingrat qui me jouë, & par un lâche tour
Me tourne en ridicule envers toute la Cour.

LE ROY.

Constance, je vous plains de l'humeur dont vous êtes,
Ne vous prenez qu'à vous du mal que vous vous faites.

CONSTANCE.

Je me plains de l'affront qu'un perfide me fait,
D'un ingrat qui me rend le mal pour le bienfait.

ALCANDRE.

Madame, on ne sçauroit forcer ma destinée;
Vous êtes de vertus, & de graces ornée
Et l'on rencontre en vous tous les riches tresors
Qui parent un esprit, & font aimer un corps:
Mais l'Infante, ornement de la terre où nous sommes,
Le chef-d'œuvre des Dieux, la deïté des hommes,
Devant que j'eusse encor eu l'honneur de vous voir,
Avoit déja reduit mon cœur sous son pouvoir.
Puisque je ne puis, donc disposer de mon ame,
Je vous offre mon frere, acceptez-le, Madame;
Vous gagnerez au change; il vaut bien mieux que moy.

Et son bras peut par tout le faire bien-tôt Roy.

LE ROY.

Tirez vôtre bon-heur d'une mauvaise affaire,
Ma niece.

CONSTANCE.

Je n'ay plus dessein que de vous plaire.

LE PRINCE.

Et vous aurez, Madame, outre ma liberté
Un empire absolu dessus ma volonté.

ALCANDRE.

Vôtre Majesté, Sire, aura plaisir d'apprendre
Par quelle erreur il s'est trouvé plus d'un Alcandre.

LE ROY.

J'y songeois, & comment s'est si bien pû cacher
Un Prince chez un Roy, qui le faisoit chercher:
J'ay grande envie aussi, que quelqu'un interprete
Ce fantôme de Prince ou Roy de la Goulette.

ALCANDRE *montrant Sulpice.*

Sulpice des mortels le plus grand imposteur
De ces enchantemens est le fabricateur.

FILIPIN.

Est le fabricateur, à ce conte là, Sire,
Je ne suis donc icy qu'un Prince à faire rire.
Il faut pourtant me semble agir de bonne foy,
Ne m'a-t-on pas traité toûjours de fils de Roy?
Dans Naples n'ay je pas par un beau coup de lance
Fait voir à vos dépens, quelle étoit ma vaillance;
Ne m'avez-vous pas dit qu'on me connoissoit bien?

Et qu'à me déguiser je ne gagnerois rien ?
Sulpice qui pourtant a toûjours été traitre
Ne m'a-t il pas toûjours appellé son cher
Maître ?
Je puis par là conclure, & necessairement
Que vôtre chef Royal a peu de jugement.
Pourquoy de bouchers cette grande levée ?
Pourquoy par des soldats ma personne enlevée ?
Prince, vous m'avez fait, tel vous me maintiendrez,
Ou le païs sçaura quel homme vous serez.
Je veux être toûjours au champ comme à la ville,
Car je m'en trouve bien, fils du Roy de Sicile.
Ou si ma qualité doit bien-tôt prendre fin,
Accordez Mauricette au moins à Filipin.

LE ROY.

De ce château Concierge, & Juge du village
Il peut quand il voudra la prendre en mariage.

MAURICETTE.

Je me pourray vanter d'avoir pour mon époux
En un petit mary le plus grand fou des foux.

Fin du cinquiéme & dernier Acte.

www.ingramcontent.com/pod-product-compliance
Lightning Source LLC
LaVergne TN
LVHW012024220826
846092LV00001B/478